수해복구 에세이

대신 써 드립니다

편지가 도착했다.

팟캐스트 〈우당퉁탕 수해복구〉

〈수다맨들〉 해직자들이 복귀를 구걸하는 방송

펜을 들며

편지, 便紙,

이 두 음절을 뜯어서 보면 편할 편 자에 종이 지 자다.
'편하게 종이에 쓰다' 정도로 해석할 수 있는 이 단어에는
편함을 훌쩍 뛰어넘어 쓰는 사람의 빼곡한 정성과 상대에
대한 예의가 담뿍 담겨 있다.

굳이 요즘 사람이라는 단어를 쓰지 않더라도 작금의
시대를 살아가는 사람들이 책을 많이 읽지 않는다거나
신문을 많이 보지 않는다는 등 활자 수용 빈도가
부족하다는 식의 기사를 많이 접할 수 있다. 그러나 난 그
의견에 결단코 반대한다. 오히려 과거 그 어느 세대보다,
그 어떤 시대보다 우리들의 활자 수용 빈도는 높다.

우리가 습관처럼 들여다보는 포털 사이트의 기사들부터 메시지와 메신저, SNS에 이르기까지 우리는 이미 충분히 많은 양의 글들을 접하고 있다. 단지 휘발성이 커졌을 뿐.

Letter. 인터넷으로 검색해보면 liter라는 라틴어에서 그 어원을 찾을 수 있다. '문자'라는 뜻이고, 그것이 그대로 전해져 문자들이 모여 있는 library는 책이 있는 도서관이 되었고, letter는 말이 아닌 글이라는 뜻으로 전해졌다가 마음을 담은 소중한 글을 뜻하게 되었다.

우리가 읽는 기사와 블로그의 글들, SNS에 소소하게 기록된 짧은 글과 장문의 글만으로도 우리는 충분히 감동할 수 있다. 하지만, 편지는 그런 글들과는 다르다. 쉽게 휘발되지 않는 힘을 지닌다. 편지는 쓰는 사람이 명확하며 받는 사람 또한 분명하다. 내가 하고자 하는 말이 글로 기록되어 전달되기에 번복할 수 없다는 미묘한 맛도 있지만, 그보다 상대에게 전하고자 하는 나의 의지가 변질되지 않고 긴 호흡으로 충분히 설명될 수 있다.

내가 생각하는 편지란, 내 마음의 뼈와 살을 분리해 진심만을 전달하는 영혼의 악수와도 같은 것이다. 굳이 자필 편지가 아니라도 좋다. 굳이 내가 쓴 이야기가 아니라도 좋다. 누군가가 상대방에게 전달하고자 하는 강력한 사랑과 뚜렷한 소망은 직접 내가 겪지 않은 일이라 하더라도 충분히 공감할 수 있다. 충분히 공감될 수 있다.

여기엔 사랑과 이별이,
때로는 아픔과 절망이,
슬픔이,
또다시, 기대와 간절함이 있다.

내가 써 내려간 편지보다
읽어 내려가는 이들의 감정이 더 풍부해질 수 있기를
바란다.

- 멍때리기만 해도 힐링이 되는 을왕리 바다 앞에서.

첫 번째 편지

편지가 도착했다. 편지를 써달라는 편지다. 사연은
다른 누구의 이야기보다 디테일했으며, 감정을 전달할
수 없는 문서 파일임에도 짙은 후회가 숨길 수 없을 만큼
많이 담겨 있었다.

편지를 보낸 이는 한 여자의 남편이었다. 이젠 원래
남남이었던 결혼 생활 이전으로 돌아가고자 하는 아내의
남편이었다. 힘들었을 때도, 많은 것을 가지고 있지
않을 때도 그의 곁에 있었고, 심지어 그런 그에게 먼저
결혼하자고 말했던 아내였다. 어쩌면 오래 전에 이미
끝이 난 결과를 남편은 애써 외면하고자 했다.

편지지를 빼곡히 채운 아내의 말보다 가슴이 아팠던 것은 그 편지의 내용을 하나도 부인하지 못하는 그의 모습이었다. 딸의 의견을 존중하기로 결정했다는 장모님의 힘겨운 말은 이제 더 이상 내가 그들의 남편도, 사위도 아니라는 맺음말이었다.

돌이킬 수 없다는 것을 알지만 그래도 편지를 써달라는 부탁에 편지를 썼다.

〜〜〜

아내에게

편지를 받고, 장모님과도 통화를 하고 나서

어떤 말을 해야 할까, 어떤 말로 설득할 수 있을까,

어떤 말로 되돌릴 수 있을까, 한참을 고민했어.

우연히 술자리에 합석해서 너를 처음 만나고

친한 동생이었던 녀석에게 '처형, 처형' 부르던

날부터,

아무것도 없던 내게 네가 먼저 결혼하자고

이야기해주었던 날,

그리고 우리가 함께 걷기로 결심했던 201X년 X월

X일,

그리고 지금까지.

내겐 영화 같은 시간들이었고,

끝나지 않을 거라고 생각했나 봐.

하지만

내 부족함과 현실,

그 속에서 쓸데없는 자존심과 자격지심이

그 영화의 시간을 조금씩 줄어들게 만든 것 같아.

이런 결말이리라고는 생각지도 못했는데,

결국 너의 편지를 받고 나도 이젠 답을 내려야 할 것
같아.

고마웠다.

영화의 엔딩 크레딧이 올라가면

영화가 끝이 난 줄 알아야 하는데,

그 엔딩 크레딧마저 영화의 일부라고 생각했고,

심지어 쿠키 영상 같은 것이 등장해

다른 시작을 알릴 것이라고 착각했던 나를

마지막으로 용서해주길 바라.

따지고 보면, 하나하나 모든 것이 나의 잘못이야.

지금부터 내가 미안하다고 표현하는 것들은

모두 진심이야.

그 사과만큼은 받아주고,

그 아픈 기억만큼은 모두 남겨 두고 떠나가라.

네가 보낸 마지막 편지 속의 이야기들…

네가 정말 좋아하는 불꽃놀이를 보러 간 날,

내가 이런 걸 왜 봐야 하냐고 투덜대며 가게로

돌아갔던 것 정말 미안해.

불꽃놀이는 하나의 예일 뿐,

돌이켜보면 난 늘 그랬는지도 몰라.

항상 나의 상황과 나의 호기심을 쫓아가면서도

정작 내 곁에 있는 너의 호기심과 설렘을 생각하지

못했던 것,

너의 가슴을 뛰게 만드는 일에 대해 깊게 생각해주지

못하고

가볍게 넘겨버려서 정말 미안하다.

부산에 가고 싶다고 했을 때도,

뭐 하러 예약했냐며 화내서 미안하다.

어쩌면 너는

내가 살았던 부산이 궁금해서 설렜던 것이 아니라,

예쁜 바다가 보이는 부산에서 나와 함께 좋은 추억을

쌓고 싶었던 것이었을 텐데,

그 마음을 제대로 읽어내지 못해서 미안하다.

게다가 그때 친구들을 불러내어

부산 여행의 추억 속에

둘만의 기억은 조각난 파편으로만 남게 만들어버려서

정말 미안하다.

내가 사업에 실패했을 때도,

함께 살고 있는 너도 분명히 힘들었을 텐데

네가 사고 싶은 것, 먹고 싶은 것 참아가며 아껴서

함께 간 여행에서

불같이 화를 내었던 것도 미안하다.

별이 억수처럼 쏟아지는 예쁜 해외의 해변가에서

여느 커플들처럼 손잡고 저녁 해변가를 걷고 소원을

빌기는커녕

혼자 울며 걷게 해서 미안하다.

난 너만 있으면 된다고 생각했는데, 그건

진심이었는데,

가끔은 네게 의지하고 힘을 얻어서

다시 네게 웃음 지을 수 있게 노력했어야 하는데,

내 못난 자존심 때문에 더 다가가지 못하고

널 내게서 스스로 떠나게 만들어버렸다.

연애의 감정이 활활 타오를 땐

'넌 내 거야'라고 늘 사랑스럽게 외쳤는데,

'넌 내 것'이라는 그 사랑스럽던 느낌이

결혼한 뒤에는 절대로 다시 찢어질 리 없다는

거만함과 안일함으로 변질되었던 것 같아 미안하다.

사실 내 것이라고 생각했다면 더 잘했어야 했는데,

내가 그 미묘한 뉘앙스의 차이를 읽어내지 못한 것

같아서

정말 미안하다.

작년 추석에 이혼을 결심했다는 너의 편지를 보며,

결국 결혼도 네가 먼저 결심하고

이혼도 네가 먼저 결심하게 만든

정말 바보 같은 남편이었다는 생각에 더욱더

미안해진다.

○○야,

이제 미안하다는 이야기는 줄여가면서 이 편지도
마무리할게.

이렇게 뭔가를 잃어버린다는 생각만으로도

삶이 주체가 안 될 것처럼 슬퍼지는 이러한 감정을

먼저 겪었을 너를 생각하면서,

내가 지금 흘리는 눈물을

먼저 다 흘렸을 너를 생각하면서,

너를 더는 잡지 않을게.

한 번 더 이야기할게.

정말 미안하다.

이젠 나도 내 삶의 전부였던 너를

내 인생 일부의 추억으로 남겨두기 위해 노력할게.

진짜 엔딩 크레딧이 올라갔다고 이젠 인정할게.

네가 먼저 걸었던, 그리고 겪었던,

마지막임을 느꼈던 그 감정선을

나도 용기 내어 걸어가볼게.

영화배우의 실명이 등장하는 엔딩 크레딧처럼

너도 이제 한 가정의, 한 부부의 아내를 벗어나

너의 실명과 함께 오롯이 너만의 삶을 살아가길,

그리고 지난 4년 4개월과는 정말 다른

행복만을 느끼기를 진심으로 기도할게.

영화가 끝나면 어두운 장막 뒤에서

더 큰 어둠이 밀려오는 것이 아니라

오히려 밖으로 나가는 비상구와 밝은 전등이

나타나듯이,

너와 나 각자의 삶에 더 밝은 빛이 있길 진심으로

기도할게.

고마웠다. 정말 고마웠다.

사랑했다는 표현보다

지금 내가 할 수 있는 최선의 표현이

이것임을 이해해주길 바랄게.

한 번 더 말하고 마칠게.

정말, 너무 고마웠다.

- 너와 4년 4개월을 함께 걸었던 사람이.

많은 분들이 편지와 함께 소개된 남편의 상황에
공감을 보내주셨다. 마치 사연 속의 주인공이 된 것처럼
가슴 아파하셨다. 왜 함께할 땐 이런 반성을 하지
못했을까. 아내가 보낸 수많은 신호를 미리 알아차리지
못했을까. 아무리 스스로를 원망하고 자책해도 시간을
돌릴 수는 없다는 걸 알면서도, 그럼에도 불구하고 할 수
있는 것은 다 해보고 싶었을 마음에 공감을 보내주셨다.

편지를 쓰는 나도 쉽지 않았다. 이 편지가 전달된다
하더라도 마음이 쉽게 돌아서지는 않으리라는 것을
알고 있으니까. 어쩌면 이런 상황에서 달랑 편지 한 장이
전해진다고 해서 해결되는 것이 더 이상하니까.

그래서 편지를 쓰면서도 생각했다. 아내에게 쓰는
편지이지만, 편지를 전하려는 남편에게 더 마음을 단단히
먹어야 한다고 전하고 싶었다. 내 마음을 전달하는 것과
상대의 마음을 되돌리는 것은 무관하다고. 그러니 마음을
더 단단히 먹어야 한다고. 그래도, 그래도 꼭 힘을 내야
한다고.

두 번째 편지
사랑에 다가서다

편지가 도착했다. 이번엔 조금 마음 살랑살랑한
사연이다.

안녕하세요.
팟캐스트를 애정하는 청취자입니다.

저는 거의 시험 막바지를 달려가는 수험생이고 공부를 꽤
오래 했습니다. 시험의 어려움과 제 능력 등등의 이유로 인해서요.
어찌저찌 잘 버텨서 이제 1차를 넘기고 2차를 준비 중입니다.
그러던 중 독서실에서 엄청 마음에 드는 사람을 만났습니다.
첫눈에 반한다는 말을 믿지는 않지만, 확 끌리는 그런 사람입니다.

전에는 이런저런 이유를 대며 쪽지 하나 못 주고 후회하곤 했는데, 한 살 두 살 먹다 보니 후회하는 짓은 하고 싶지 않더라고요. 그래서 공부에 전념하고 싶어서 마카롱과 쪽지 하나 그 여성분께 드리고 남은 시간 공부에 전념하고 싶습니다.

'각자가 수험생이니 서로의 시험이 끝난 뒤에 연락드려도 되겠냐'는 식의 쪽지 하나 부탁드립니다. ㅋㅋㅋㅋㅋㅋ부담스럽지 않게 그리고 위트 있게. 공부에 전념하는 마음과 모순되지만, 둘다 진심입니다 ㅋㅋㅋㅋㅋ 당신의 능력을 믿씁니다!! ㅋㅋㅋㅋㅋ

채택되지 않아도 괜찮지만, 제 시험 응원은 부탁드리고, 형들, 누나들의 모든 방송을 응원합니다!! 시험 합격한 뒤 크게 후원할 것을 약속드리며 마칩니다. 파이팅!!!!

~~~~~

여기까지 사연을 보았을 때, 수험생 누구에게나 한 번쯤 있을 수 있는 사연이라고 생각했다. 독서실에서나 시험 기간 중에 어떤 사람을 보고 빠져드는 것. 물론 수험생이라 만날 수 있는 사람이 한정적이라서 더 크게 다가오는 경우도 있을 것이다.

또, 반대로 누군가 내 독서실 책상에 음료나 쪽지를
두고 가서 그 사람이 누구일까 설레는 경험을 해본
사람들도 더러 있을 것이다. 마음을 주든 마음을 받든,
이런 상황이 연출되었다고 하더라도 실제로 이어지기란
쉽지 않다. 정말 쉽지 않다.

호감을 표현하는 사람은 시험 공부에 매진하지 않는
가벼운 사람처럼 보일 수도 있고, 호감을 받는 사람은
그저 쪽지나 소소한 선물에 넘어가는 사람으로 비칠
수도 있다. 무엇보다 중요한 것은 그녀도 수험생이라는
것이다. '정우성급' 외모가 아니면 쉽게 흔들리지 않을
수 있고, 길게 이야기할 기회가 없으니 내가 평소 입담에
자신이 있다 하더라도 이야기를 길게 가져갈 수 없다.
편지가 중요하긴 한데 이것만으로는 부족하다. 짧은
편지로 연락처를 받거나 또는 간단히 밥 한 끼라도 할 수
있는 상황까지 만들어내는 정도가 최선이다. 그렇다면
이 편지의 목표는 전해주고 사귀는 결과로 곧바로
달려가는 것이 아니라, 원래 몰랐던 나에 대한 경계심을
먼저 무너뜨리는 것이 첫 번째 단계고, 독서실 밖에서
한 번이라도 따로 볼 수 있게 되는 것이 두 번째 단계일

것이다.

개인 신상을 조금 더 자세하게 요구했다. 사연을
보낸 남자는 공인 회계사를 준비 중이고 1차는 통과한
상태. 상대는 독서실 책으로 보아 세무 공무원 시험
준비생이라고 추측된다.

~~~~~~~

본인

9X년 남자, 회계사 준비, 180의 작지 않은 키지만,
장기간의 수험 생활로 인해 최근 급격히 살이 찐 상태,
시험 끝나고 다이어트를 하면 못생기진 않음. 그냥
평범한 보통 남자. 쓸데없이 진지한 편이지만, 다년간의
팟캐스트 청취로 진지 모드를 어느 정도 줄이는 중.
본인은 나쁜 사람 절대 아님. 바람둥이도 아니고, 오히려
연애 고자에 가까운 듯. 긴 시간의 수험 생활로 연애는
3년째 쉬는 중. 많은 사람을 만나고 싶은 욕심은 별로
없음. 긴 연애를 선호하는 편인 듯. 수험 시간 중 크고
작은 썸이 있었지만 다 밀어냄.

상대방

큰 키에 늘씬하다. 마스크를 사러 같은 날 약국에 들른 적이 있는 걸로 보아서는 9X년생. 느낌상으로는 동갑으로 보임. (참고로 이 당시는 마스크 5부제 시행 기간이라 출생 연도 끝자리 유추가 가능했다.) 세무 공무원 준비 중인 듯하다. 친동생이 세무 공무원 준비 중인데 지나가다 보니 책상에서 같은 책을 보고 있었다. 긴 머리에 웨이브를 주었다. 제일 마음에 걸리는 점은 시험이 얼마 안 남았다는 것. 물론 본인도 마찬가지. 같은 공간에서 공부한다는 것 빼고는 교집합이 전혀 없다. 이름은 알고 있지만, 우연히 본 거라 아는 척할 수는 없다.

~~~~~~

사연자는 생각보다 디테일하게 상대를 파악하고 있었다. 먼저 이 사연자가 공부는 제대로 하고 있는 것인가 하는 의문이 들었다. 아무튼 그것까지 내가 신경 쓸 일은 아니니 넘어가도록 한다. 상대방의 출생 연도도 추측할 수 있었는데, 웬만하면 더 어리다고 생각하고 편지를 썼다. 설령 틀렸다 하더라도 무조건 상대가 어려

보이고 동안이었다고 하는 편이 좋을 듯하니까.

~~~~~~~

안녕하세요.

시험을 앞둔 상황에서, 더군다나 이름도 모르는 사람이 갑자기
다가와서 많이 놀라셨을 것 같아요. 서로의 시험이 끝나면 커피라도
한잔 사고 싶습니다. 저는 6월 말에 시험이 끝납니다.
P.S. 마카롱이 입맛에 맞으면 좋겠습니다.

~~~~~~~

일단 사연자는, 자기라면 이렇게 편지를 썼을
것이라고 보냈다. 보자마자 사연 보내주시길 잘했다고
말했다. 이렇게 짧은 편지를 쓰면 무조건 X망이다.
그리고 내 시험이 언제 끝나는지는 중요하지가 않다.
상대가 중요하다. 편지를 쓰기에 앞서 몇 가지 포인트를
따로 써주었다.

포인트 1
1-1. 내가 상대를 좋아한다는 건 이미 편지와

선물에서 드러나니까, 편지에서 그걸 크게 강조할 필요는 없음. 당신이 정우성이 아니니 그 따위 선물과 편지로 넘어갈 일이 없음.

1-2. 철저히 상대가 받았을 때의 기분을 고려하며 접근하기. 한 번에 사귀는 것이 아니라, 내가 미친놈이 아니라는 것을 먼저 알리고, 가볍게 서로 인사를 하고 지내다가 밖에서 밥을 한 끼 먹을 수 있을 정도의 상황을 만들어내는 것까지가 핵심 과제.

1-3. 일단 편지와 함께 선물을 줘야겠다는 생각은 나쁘지 않으나, 나라면 마카롱을 사지는 않을 것임. 마카롱은 예쁘고 맛있지만, 뭔가 독서실에서 먹기 애매함. 그리고 살짝 부담스러울 수도 있음. 그래서 가격대는 부담 없게 1만 원대로 맞추되, 어디서나 쉽게 구할 수 있으며, 결정적으로 집에 들고 가기 애매해서 독서실에서 먹을 수 있는 것들로 줘야 함.

1-4. 이게 또 중요한 포인트. 독서실에만 두고, 독서실에서만 먹고,

포인트 2

선물 구입

2-1. 일단 어디에서나 발견하기 쉬운 편의점을 택한다. 나도 실제로 가격과 물품을 점검해보기 위해 방송 녹음실 근처 GS25 일산호수점에서 구입한 내역을 공개했다.

1) 네슬레 핫쵸코 오리지널 2+1, 3개 3,300원. 뜨거운 물만 있으면 쉽게 타 먹을 수 있다.

2) 그리고 전통의 강자 페레로 로쉐, 5구짜리 3,400원.

3) 경남제약에서 나온 맛있는 비타민 습관, 레모나C 10포짜리, 3,500원. 여기까지 하면 딱 10,200원.

4) 하나만 더 쓰자. 학교 앞 불량식품의 대명사 아폴로, 이게 2+1 해서 1,400원.

총합 11,600원이다.

2-2. 이 정도는 전국의 수험생들 대부분은 쓸 수 있는 금액이다. 이 사연을 듣고 응용할 전국의 수험생들을 위해 아주 쉽게 접근할 수 있는 GS25 편의점과 물품들로

구성했다. 이를 작은 박스에 포장해서 가시라. 포장 박스 비용은 별도이긴 하나, 팬시전문점 같은 곳에서 크게 비싸지 않게 구할 수 있다. '쳐 차이고 싶으면' 검정 봉지 그대로 가져다주면 된다. 작은 포장 박스와 검정 봉지는 하늘과 땅 차이이다.

2-3. 작은 포장 박스까지 준비되었다면, 그 안에 준비한 선물을 편지와 함께 예쁘게 포장해서 포장 박스 위에는 '공시생 응원 정부 지원 물품'이라고 프린트해서 붙이든지, 손글씨로 포장 박스 위에 잘 보이게 쓴다.

2-4. 그리고 반드시 눈을 마주치고, 웃으면서,

"안녕하세요? 이거 독서실 수험생들한테 하나씩 다 나눠주래요. 맛있게 드세요." 하면서 전달하기. 반드시 직접 주고, 눈을 마주치면서 줘야 한다.

포인트 3

편지 쓰기

3-1. 그리고 편지 쓰기에 들어갑니다. 포장 박스 안에 편지를 넣어두는 겁니다.

3-2. 여성분이 포장 박스를 들고 독서실 자기 자리로 돌아가서 궁금해서라도 먼저 풀어볼 겁니다.

3-3. 자, 그럼 이제 저라면 이렇게 썼을 것이라는 것을 감안하고 읽어주시길 바랍니다.

포장 박스 위에 쓰여진 글귀

: '공시생 응원 정부 지원 물품'

코로나 바이러스로 인해 외출할 땐 꼭 마스크를 써야

하고,

정부 주관 시험도 미뤄지고 컨디션 관리하기가

어렵습니다.

이에, 공시생을 위해 응원 물품 몇 개를 제가

준비했습니다.

이른 아침이나 점심을 먹고 난 오후에 몸이

노곤노곤해지고,

당이 떨어졌을 때, 독서실 탕비실로 가서서 뜨거운

물만 붓고

핫초코 하나를 타서 드세요.

그래도 부족하시면 페레로 로쉐 하나 정도를 더

드시구요.

하루 종일 책만 보고 계시면

눈도 약간 피곤해질 테니 간편하게

레모나C 하나 뜯어서 드세요.

참, 아폴로는 뭔가 배고프지도 않고

허기진 것도 없는데 입은 심심할 때

하나씩 입에 물고 공부하시면서 드세요.

약간 껌 씹는 효과랑 비슷한데요.

껌을 씹으면 불안감과 스트레스 해소, 집중력 향상이

된다고 합니다.

그런데 껌을 씹으면 소리가 날 수도 있고 턱이 아플

수도 있으니까,

아폴로 하나씩 꺼내서 드시면

껌은 아니면서도 껌 씹는 효과는 낼 겁니다.

이 군것질거리들은 근처 편의점에서 산 것이니

너무 부담 가지지 않고 드셔도 됩니다. ^^

아, 그리고 제가 정부 긴급 재난 지원금 40만 원

받아서

드리는 것이니까, 딱히 정부 지원이 아니라고 하기도

그렇구요.

저는 공인회계사 시험 준비 중입니다.

1차 합격하고 2차를 준비하고 있어요.

제가 보려고 본 것은 아니고 오다가다 본 건데,

혹시 세무 공무원 시험 준비하시나요?

제 친동생도 똑같은 책을 가지고 세무 공무원 시험

준비 중이거든요.

괜히 시험 공부하시는데,

방해는 되기 싫으면서도 응원하고 싶은 마음이

들어서요.

이렇게 몇 자 적어 보냅니다.

마지막으로 재난 지원금이 40만 원이라,

필요하시면 앞으로 적어도 한 40주는

무료 리필이 가능해요.

신청 주소는

www. 아, 홈페이지 이용하시면

주문이 좀 많이 밀릴 수 있어서요.

직통 주문 번호 남겨둘게요.

010-XXXX-XXXX

수령 확인했다고 꼭 확인 문자 하나 주시고요.

공시생 생활이 단조롭고 심심할 수도 있을 텐데,

잠깐이나마 피식하며 웃을 수 있는 시간이 되었길

바랍니다.

맛잇게 드세요!

사연자분, 추가 사항이 있습니다. 여성분에게 목요일 점심이 지난 오후쯤 전해주세요. 아침에는 수험생이 아무리 예뻐도 비몽사몽일 가능성이 높고, 모르는 사람이 다가오는 것이 불편할 수 있으니까요.

목요일인 이유는 월요일부터 주면 1주일 내내 불편하실 수 있고, 목요일에 전달해주면 금요일에 눈인사를 트고 전화번호를 교환하여 주말을 노려볼 수 있습니다.

다만,
월요일부터 편지를 전달하기로 결심한 목요일, 그리고 금요일까지 가장 깔끔하게 옷을 입고 다니세요. 그리고 마주치면 무조건 살짝살짝씩 웃으며 눈인사를 하세요. 상대가 '이 새끼, 날 좋아하나?' 하는 생각이 들 정도로. 너무 심하게 부담 주는 눈빛이 아니라 진짜 같은, 독서실 다니면서 오다가다 얼굴이 눈에 익어서 그냥 모른 척하기 애매한 사이일 때 하는 그런 눈인사를 월요일부터 목요일까지 하세요.

옷 깔끔하게 입으라고 했다고 정장을 '쳐 입고' 돌아다니지 말고, 깔끔한 캐주얼이면 됩니다.

~~~~~

사연자의 답장이 도착했다. 시키는 대로 편지를 잘 전달했다고 한다. 그리고 이런 메시지가 이어졌다.

~~~~~

고맙습니다!!!!

상대분과 가볍게 커피 한잔 나누고, 모든 건 시험 뒤로 잠시 미루기로 했습니다.

좋은 의미로요!!!!

~~~~~

일단은 분위기가 좋다. 여기에 다른 출연자들은 일단 한 단계는 넘었다고도 했고, 장원이 형은 이제 더 이상 진행은 어려울 것이라고도 했다.

그리고 한 달 하고도 절반이 지나갔다. 다시 사연자에게서 연락이 왔다.

창석이 형. 좋은 아침입니다. 일어나셨는지요.

ㅋㅋㅋㅋㅋㅋㅋㅋ

시험이 끝난 지 3주 째인데, 몇 년 만에 맛보는 여유가 아직도 어색한 요즘입니다. ㅋㅋㅋ 연락이 늦었습니다. 해결해야 할 일들이 몇 가지 있었거든요.

여하튼 독서실 사연 그분도 시험이 끝나서 고백을 했고, 만나기로 했습니다. 사실 선물 줄 때 형의 그 편지가 너무나도 좋았다고 해서 나중에 사실을 밝히려구요. 원작자인 형에게는 죄송하지만요. ㅋㅋㅋ

둘 다 시험 결과가 나오지는 않아서 앞으로 어떠한 연애를 해나갈지 잘 모르겠지만, 서툴러도 이슬비에 땅이 젖듯 천천히 잘 나아가자고 했습니다. 올해 제가 운이 좋은 거 같습니다. 좋은 사람도 만나구요. 덕분입니다 감사합니다.

제 시험은 2달 뒤에나 결과가 나와서 여하튼 당분간은 여유와 함께 연애를 해볼까 합니다. 미르 및 엠장기획 및 창석이 형과 관련된 모든 식구와 지인들의 행복을 기도하겠습니다. 감사합니다.

〰〰

키야~!

이 맛에 편지를 썼다는 생각이 들었다. 이토록 놀라운 결과가 올 것이라는 생각은 못 했지만, 참 잘됐다.

시험에 붙었는지는 모른다. 시험은 또 다가오지만, 사랑은 시기별로 다가오는 것이 아니다. 우리 멤버들은 모두 진심으로 축하하면서도 묘한 씁쓸함에 젖어들었다. 우린 왜 아직도 솔로인가…. 편지는 내가 썼는데 난 왜 혼자인가….

〰〰

추가로 연락이 왔다.

2차 시험 5과목 중 3과목을 합격해서 이제 2과목만 합격하면 끝이란다.

여자친구와는 100일이라며, 여자친구가 큰 꽃다발을 안고 해맑게 웃는 사진을 보내주었다.

나는 더 큰 공허함에 빠져들기 시작했다.

세 번째 편지

내가 가장 행복한 이 순간, 언니가 떠올랐다

편지가 도착했다.

이번 사연의 주인공은 바로 우리 멤버, 장효윤 씨.

안녕하세요, 키 작은 꼬마 창석 씨. ^^

올해 말에 33살 동생을 시집보내는 36살 언니 오남막입니다.

다음 달에 동생 웨딩 촬영 후 브라이덜 샤워 파티를

준비해주려고 하는데, 그날 동생에게 아주 감동적인 편지를

전해주고 싶어요. 아시다시피 제가 논술 선생님 출신이긴 하지만

오랫동안 글을 안 쓰다 보니 필력이 갈수록 허접해지네요. ^^

제 동생은 내 동생이라 하는 말은 아니고 참 선하고 순수한

아이예요. 어렸을 때부터 욕심 없이 제가 물려준 옷에 투정 한 번 안 부리고, 사고 한 번 안 치고 엄마나 제 속 썩인 적 없는 착한 동생이예요. 지금껏 크게 싸운 적도 없고 (딱 두 번 싸워봤어요), 누구보다 서로 의지하고 가까이 지내는 사이예요. (드레스 가봉하러 갔을 때 웨딩샵 언니들도 이렇게 친한 자매는 없다고...)

아무튼 그런 동생을 시집보내려 하니 마음이 애틋하고 특별하네요. 동생은 원래 피부관리사를 했었는데 어느 날 진로에 대한 고민을 하기 시작했어요. 제가 승무원을 해보는게 어떻겠냐고 제안했더니 해보고는 싶었는데 자기처럼 예쁘지 않은 사람도 승무원을 할 수 있는 거냐고 하더군요. 현직 승무원들 중에 너만큼 예쁜 애도 많지 않으니 준비해보라고 한 그 한마디에 동생이 용기를 얻어서 열심히 준비하는 모습이 너무 예뻤어요.

그리고 승무원에 합격해서 첫 월급을 받고는 제 돈 주고는 살 수 없는 비싼 옷에 편지까지 써서 제 방에 놓아뒀더라구요. 동생은 제가 아나운서 준비생일 때도 엄마랑 여행 가고 하면 제가 돈이 많지 않으니 보태 쓰라며 여행 자금을 봉투에 넣어서 제 방에 놓아두곤 했었어요. 마음이 너무 예쁘죠? 그리고 결혼 앞두고 보통 신부들이 가봉 스냅을 많이 찍거든요. 근데 그것도 안 찍고 가족

스냅 사진을 찍겠다고 하더라구요. (엄마 아빠 결혼식 사진 필름이 손상돼서 엄마 드레스 입은 사진이 없거든요 그래서 엄마 드레스 입혀주고 싶다고...) 그래서 얼마 전에 제주도로 가족사진을 찍으러 다녀왔어요. 동생이 드레스 샵이랑 스냅 업체 혼자 다 알아보느라 고생했구요. 엄마랑 동생이랑 저랑 드레스 고르는 것도 행복한 시간이었고, 네 가족이 모두 제주 가서 하루 종일 가족사진 찍으러 다니는 것도 정말 행복했어요. 다행히 날씨도 너무 좋았구요.

제주에 간 김에 저도 동생한테 뭐가 해주고 싶어서, 이제 막 골프를 배우기 시작한 동생 머리 올려주려고 사진 찍은 다음 날 엄마랑 셋이 골프 치고 올라왔습니다. 셋이 너무 즐겁게 쳤어요. 여행을 마치고 올라오는데 동생 결혼하면 가족끼리 이런 시간을 자주 보내지 못할 수도 있겠다는 생각에 좀 뭉클하기도 했습니다. 그리고 드레스랑 촬영 비행기표도 동생이 다 했기 때문에 좀 보태겠다고 했더니,

"언니 요즘 일 없어서 힘들잖아."라며 안 받겠다고 하더군요.

이렇게 마음 예쁜 동생에게 보낼 감동적인 편지 눈물 쏙 빼게 써주세요!!

~~~~~~

    소중한 사연을 보내주신 분들도 감사하지만 같은
멤버가 요청하니 더 부담이 되고, 더 잘 써야 한다는
압박이 있었다. 그래서 몇 가지 사항을 더 확인했다.
일단 앞으로 양가 가족들이랑 잘 어울리는 부부가 되길
바라고, 잘 안 싸웠음 좋겠고, 같이 여행도 자주 다니면서
진심으로 행복하게 지냈으면 좋겠다. 동생 남자친구가
엄청 순하고 배려심 깊고 착해서 남자친구 힘들었을 때도
동생이 옆에 잘 있어준 것처럼 결혼해서도 두 사람이
현명하게 잘 지내줬으면 좋겠다는 말을 남겨주었다.

    참, 그리고 하나 더 체크 해야 할 것이 있었다.

    '눈물 쏙 빼게 써주세요!!'

    그래서 난 예전 몰래카메라에서 잘 쓰던 방법을
쓰기로 했다. 효윤 누나가 동생에게 쓰는 편지를
뒤집어서 동생이 언니에게 쓰는 편지로. 누나의
인스타그램 계정을 찾아 들어가 동생의 인스타그램
주소를 찾았다. 그리고 용기 내어 DM을 보냈다.

안녕하세요?

저 효윤 누나와 함께 방송하고 있는 오창석 작가라고 합니다.
^^

먼저 결혼 너무너무 축하드립니다!!

이렇게 디엠 보내는 이유는,

제가 매주 수요일 〈수해복구〉라는 팟캐스트를 효윤 누나와
진행하고 있는데, 그 프로그램에서 제가 '대신 써 드립니다'라는
코너를 진행하고 있어요. 평소 말하지 못했던 고마움이나 미안함
등에 대해서 제가 대신 편지를 써주는 내용입니다.

효윤 누나가 이번 주 수요일 동생이 결혼 한다며 제게 대필을
부탁했습니다. 그래서 말인데, 동생분도 언니를 위해 짧게라도
마음을 표현해보면 어떨까요? ^^ 효윤 누나도 맏이로서 동생들도
챙기고 본인 삶도 열심히 살면서 분명히 동생들에게 좋은 언니,
누나였을 것 같아요. 제가 '몰래' 연락을 드리는 것이니 절대
누나한테는 티 내지 마시구요!

담고 싶은 내용이 있으면 제가 대신 써드릴 수도 있지만, 동생분이 직접 써서 보내주셔도 제가 잘 읽어드리겠습니다! 혹시 언니에게 편지 쓰고 싶은 내용이 있으시면 편하게 말씀해주세요. ^^

일단 비밀로!! 비밀로!!

〰〰〰

동생분의 답장이 왔다.

〰〰〰

-중고등학교 때부터 엄마는 성적에 절대 관여를 안 하셨는데 언니 무서워서 공부를 했어요. 지금 생각하면 언니도 어렸는데 얼마나 귀찮았을까 싶기도 하고 고마워요. (3살 차이)

-원래 하던 일을 관두게 되었었는데 언니 권유로 승무원 준비를 하고 승무원 일을 시작했어요. 준비할 때 언니가 학원비도 내주고 많은 조언도 해줘서 큰 힘이 되었습니다. 승무원이 된 건 다 언니 덕분이에요.

-집안에 문제가 있거나 고민이 있으면 뭐든지 언니가 주도해서 해결하는 편이에요. 어렸을 때부터 언니가 아빠 대신 가장 역할을 해왔어요. 엄마 저 남동생 모두 언니한테 많이 의지하기도 하고,

고맙고 미안하게 생각해요.

　－이번 결혼 준비하면서도 언니 주위 분들의 도움 덕분에
수월하게 진행할 수 있었고, 마치 딸 결혼하는 것처럼(ㅋㅋ)
이것저것 엄청나게 신경 써주는 모습이 정말 고맙습니다. (저랑
엄마는 결혼식 사회를 꼭 언니가 해주면 좋겠는데 언니는 사회
보다가 울 거 같다고 고민 중이에요 저는 언니 말고는 다른 사람은
생각도 안 해봤는데. ㅠㅠ)

　－어렸을 때부터 제 주변 사람들이 언니 칭찬해주는 게 저는 제
칭찬 듣는 것보다 기분이 좋았어요. 그만큼 어렸을 때부터 언니는
저한테 자랑스러운 언니이자 아빠 대신입니다. 언제나 언니가
행복했으면 좋겠어요. 그리고 이제는 고민이 있으면 혼자 고민하지
말고 저한테도 말해줬으면 좋겠어요.

　－마지막으로 언니가 항상 좋은 분들과 재미있게 방송을
한다고 저한테 얘기하곤 해요. 감사합니다. :)

　(언니 울면 어쩌죠..?)

어쩌겠어요. 눈물 쏙 빼게 써달라고 했으니, 저는
언니를 꼭 울게 만들어야 합니다. 헨델의 '울게 하소서'의
마음으로 저는 편지를 쓰겠습니다.

방송을 하는 날까지, 그리고 이 편지를 소개하는
시간까지도 나는 아무에게도 말하지 않았다. 뒤집기의
맛은 그런 것이니까. 혹시나 내가 실수할 수도 있으니,
편지를 읽기 전 멘트까지도 준비해두었다. 나는 아래와
같이 말하고 편지를 읽어내려갔다.

'한참을 고민하다가 눈물 없이 그냥 코믹하게
가겠습니다. 일부러 눈물 흘리게 하는 것도 너무 어렵고
꼭 눈물을 흘리게 하는 것만이 좋은 편지는 아니니까요.
가족끼리의 즐거움도 소중한 편지가 될 수 있다는 것을
제가 반드시 이 편지를 통해 증명하겠습니다. 최대한
웃기고, 유쾌하게!'

To. 항상 내 인생의 첫 번째 힘이자 사랑, 큰언니 효윤
언니에게.

언니, 안녕? 나 효경이야.

결혼 앞두고 이렇게 갑자기 편지 쓰려니 조금
쑥스럽기도 해. 언니가 하는 방송에서 내가 결혼한다고
나에게 쓰는 편지를 준비하는데, 오창석 씨가 인스타그램
DM으로 연락을 주면서, 반대로 편지를 써주면
어떻겠냐고 물어왔어. 몰래, 그리고 비밀로. 그래서 내가
용기 내서 흔쾌히 오창석 씨에게 편지를 대신 써달라고
했어.

언니, 가족끼리 웨딩 사진까지 찍었는데도 아직
실감이 나지 않아. 날씨마저 우리 가족을 응원해주었던
제주에서의 그날이 평생토록 잊지 못할 추억이 될 것
같아.

언니, 내가 피부관리사를 하다가 일을 그만두고
고민하고 있을 때, 승무원을 하라고 조언해줬던 것 너무

고마워. 만약 내가 그때 승무원에 도전하지 않았더라면
어땠을까? 언니가 그 말을 내게 해주지 않았더라면
어떻게 되었을까? 나는 지금의 남편도 만나지 못했을
거고, 경제적 자립도 제대로 하지 못했을 것 같아. 너무
고마워.

언니는 내가 첫 월급으로 사준 옷과 편지를
기억하지? 난 오히려 그것보다 더 뚜렷하게 기억나는
게 있어. 나 같은 사람이 승무원을 할 수 있을까, 하고
고민할 때, 지금 현직에 있는 승무원들보다 네가 훨씬 더
이쁘고 잘 해낼 거라고 응원해줬던 것, 면접에 도움이 될
만한 따뜻한 조언들이 내가 승무원이 될 수 있던 가장 큰
이유였어. 그리고 언니 기억해? 그 승무원 학원비도 다
언니가 내줬었잖아. 그러니까 내 꿈은, 지금의 내 직업과
내 삶은 모두 언니가 사준 거야. 그러니까, 날 대견해할
필요 없고 언니 스스로가 멋지다고 생각했으면 좋겠어.

언니, 돌이켜보면 중고등학교 때도 엄마는
공부하라고 말씀하신 적이 거의 없었어. 오히려 언니가
공부하라고 다독이고 말해줬지. 아마도 언니는 그때나

지금이나 아빠의 공백을 대신 메우려 했던 것 같아. 내가
그걸 조금만 더 일찍 알았더라면 어땠을까? 늘 집에
문제가 생기거나 큰일이 있으면 아빠가 해야 할 가장
역할을 첫째라는 이유로 도맡아 했던 언니에게 늘 고맙고
감사해. 진심이야. 너무 고맙고 미안해.

언니는 내가 별 탈 없이 성장해서 일도 하고 결혼도
하게 되었다고 기특하게 생각할지 모르지만, 그렇게 큰
책임감을 가지고 살아온 언니 곁에서 내가 삐뚤어진다는
것 자체가 말이 되지 않아. 오히려 더 도움이 되지 못해
늘 미안했어. 이번 결혼식 준비도, 웨딩 스냅도 모두
언니와 언지 지인들이 많이 도와줬잖아. 내가 내 힘으로
해서 언니 힘 안 들이고 싶었는데도 결국은 또 많은
도움을 받았어. 너무 고마워.

언니, 가족끼리 오랜만에 제주 여행도 하고 사진도
찍고 올라올 때, 앞으로 '동생 결혼하면 가족끼리 이런
시간을 자주 보내지 못할 수도 있겠다'고 생각했다며?
음... 그렇게 생각할 수도 있지만, 반대로 생각해보면
어떨까? 가족끼리 이런 시간을 자주 보내지 못하는

것이 아니라, 이런 행복한 시간을 보낼 가족이 한 명 더

늘었다고 말이야. 남편이 혹시나 딴소리하거나 엇나가면

내가 이누무시키 가만두지 않을게!

언니, 나는 어렸을 적부터 내가 칭찬받는 것보다

언니가 칭찬받는 것이 더 기분이 좋았어. 그때도

진심이었고, 지금도 그래. 방송을 하면서 이런저런

기쁨도 얻고 상처도 받겠지만, 언니는 누구보다 내

인생의 첫 번째 힘이자 사랑이야. 나는 이제 결혼을 하면

힘든 일이 있어도 둘이서 잘 해결하고 이겨낼 테니까,

언니도 이제 무거운 첫째의 책임감을 조금 내려놓고

언니가 더 행복하게 사는 것에 집중했으면 좋겠어. 나도

많이 도울게!

마지막으로 언니가 혹시나 울면 어쩌나 걱정하고

있는, 내 결혼식 사회. 그래도 난 언니가 해줬으면

좋겠어. 난 언니가 엄마 옆에서 무겁게 앉아 있는 것보다

차라리 내가 결혼하는 과정을 처음부터 끝까지 잘

이끌어줬으면 좋겠어. 나는 언니가 아빠의 자리가 아닌,

언니가 가장 빛날 수 있는 자리에 있었으면 좋겠어.

우리 큰 언니, 큰누나의 자리가 아닌 아나운서 장효윤의

자리에 있었으면 좋겠어.

언니, 이 부탁은 꼭 들어줄 거지? 들어줄 거라 믿어.

그동안 내 인생을 잘 이끌어줘서 너무 고맙고,

존경해 언니.

앞으로도 우리 가족 행복하게만 지냈으면 좋겠어.

사랑해, 언니.

동생 효경이가.

눈물 쏙 빼게 해 달라는 요청은 충분히 이루어졌다. (비록 주인공은 바뀌었지만) 사실 나도 읽으면서 울음을 참아내기 힘들었다.

내가 편지를 잘 썼다기보다는 그냥 두 자매의 사랑과 관심, 그런 것들이 너무 애틋하고 고맙게 다가왔다. 참, 잘 살아왔다. 참 두 자매가 멋지다는 생각밖엔 들지 않았다. 후에 효윤 누나는 어머니께도 이 편지 방송을 들려드렸다고 한다. 역시나 펑펑 우셨다고 했으니 그 눈물의 의미는 역시나 두 사람을 서로 다독이는 마음이었을 것이다.

이 편지를 쓰며 가장 와닿았던 말은 장원이 형이 했다.

'효윤아, 참 고생 많았다.'

아마도 장원이 형도 동생을 먼저 결혼시키고 함께 성장하며 그 마음이 무엇인지 잘 알 테니까. 별다른 미사여구나 긴 설명이 없이 한 그 멘트가 진심으로 다가와서 너무 좋았다.

누나도 분명 고생 많았을 거다. 방송에선 늘 밝은 모습이지만, 지금껏 동생들을 다독이며 뭔가 '내가 이끌어 나가야 한다'는 마음을 효윤 누나는 늘 가지고 있었을 것이다. 이번 편지로 청취자들도, 나도 잘 몰랐던 가장(家長)이자 큰언니로서의 효윤 누나의 멋진 모습을 많이 알게 되었을 것이다. 동생도, 어머니도 다 같은 마음이었을 것이다.

결혼을 진심으로 축하드리며, 누나 가족 모두의 행복을 기원한다.

진심으로.

추천사 1

장효윤

오창석 작가가 '대신 써 드립니다' 코너를 통해
청취자들의 사연과 상황에 몰입하는 모습을 보면서 그를
걱정했던 적도 있다. 물론 기쁜 사연들도 많았지만 힘든
상황을 어렵게 풀어낼 때 100퍼센트 몰입하며 본인도
힘들어하고 슬퍼하는 모습이 옆에서 보는 동료들도 마음
아플 때가 종종 있었다.

그러나 한편으로 매 사연 그렇게 진지하게 공감하는
오작가의 모습이 큰 감동이었다. 단 하나의 사연도 대충
준비하지 않았고 최대한 사연자의 감정을 잘 전달하기
위해 오래 고민하고 준비했던 걸 옆에서 봐왔기에
이 책의 출간이 더욱 반가웠다. 그리고 사연자의 한
명으로서 오작가에게 참 고맙다.

동생 결혼식 사회를 직전까지 고민하다 마지막에
오작가의 편지 덕분에 큰 결심을 하고 사회 자리에

섰는데 지금 생각해보면 동생의 가장 행복한 순간에 누구보다 축하하는 마음으로 사회를 본 게 참 잘한 일이라는 생각이 든다. 동생 결혼 전 우리 자매에게 잊지 못할 선물을 준 오작가의 글이 사연 당사자들뿐 아니라 이 책을 읽는 독자들에게도 분명 마음을 울리는 큰 선물이 될 것이다.

네 번째 편지
아들에게 한 발짝 더 가까이 다가서다

편지가 도착했다. 미안한 마음을 전달하고 싶은
이야기다.

가족의 이야기는 늘 뜨겁다. 처음엔 늘 사랑으로
시작되지만, 시간이 지나면서 이 감정은 고마움으로
이어지고 이내 미안함으로 귀결된다. 이번 편지는 중3
자녀를 둔 어머니가 보낸 것이다. 그런데 편지의 주체는
어머니가 아니라 아버지였다. 어머니는 '남편이 대신
써달라고 부탁을 해서 제가 대신 내용만 전달 한다'고
말했다.

부부는 너무 어렸을 때 결혼을 했다고 한다. 26살에 결혼을 해서 자식보다는 자기 자신이 더 중요했고, 아버지는 어른과 아빠로서의 모습이 부족했다고 말씀하셨다. 필요 이상으로 엄하게 키워서 미안하고 그걸 반성한다는 내용의 편지를 써달라고 했다.

미안함은 6살 차이가 나는 둘째가 태어난 후 더 심해졌다고 한다. 둘째는 오냐오냐 키웠는데 문득 첫째에게 소홀했던 자신의 모습이 더 선명해져서 진심으로 사과하고 싶다는 말도 남겼다.

일단, 나도 우리 아버지에게 많이 맞으며 컸다. 어린 시절 엄하지 않았던 아버지가 얼마나 있었을까. 중요한 것은 지금이다. 아버지로서 스스로 반성하고 아들에게 더 잘해주고 싶다고 편지를 부탁하는 것, 이것 자체가 정말 쉽지 않은 일이니 난 오히려 그 아버지를 격려해주고 싶었다.

첫째 아들 이름은 ○○이고, 학교에서 반장을 할 정도로 잘 커줬다고 한다. 지금은 친구처럼 지내고 있지만 그래도 사과하고 싶고, 아들과 같이 게임도 하고 유튜브 이야기도 하고 PC방도 같이 가주는 아버지라고 하신다. 또한 ○○이가 게임을 좋아해서 나중에 크면 과학을 가르치는 선생님이자 게임 유튜버가 되고 싶어한다며, 이걸 도와주고 싶다는 말씀까지 남기셨다.

나는 어머니에게, 아들에 대해 더 상세히 이야기해달라고 말했다. 그랬더니 아들은 비싼 옷이나 물건은 바라지도 않으며, 외향적이고 사회성도 뛰어나다고 했다. 수련회나 캠프에 갔을 때도 다른 아이들과 잘 어울리고 자기가 대학생이 되면 동생이 중학생쯤 되니까, 우리나라를 동생과 같이 배낭여행하며 멋진 곳을 보여주고 싶다고 말하는 속 깊은 아들이라고 했다. 얼마 전엔 생일이었는데 소원을 빌라고 했더니 롤(LOL, League of Legends)이라는 게임에 등급이 있는데, '다이아로 가게 해주세요'라고 했단다.

마지막으로, 가족들과 조만간 캠핑을 가기로 했는데, 장작불 앞에서 아버지가 직접 이 편지를 아들에게 읽어주고 싶다고 말씀하셨다.

멋진 가족이구나. 어머니와 이야기를 나누며 가장
먼저 들었던 생각이었다. 중학생 아들은 정말 멋지게
성장하고 있다는 생각도 함께 들었다.

그런데 과연 지금, 아이에게 '사과'하는 것이 좋을까?
그런 생각이 들었다. 나는 사과하고 미안하다는 말을
하지 않는 것이 지금의 아들에게 더 좋은 편지라고
생각이 들었다. 왜냐? 일단 아역 배우 왕석현과 관련된
아래 기사를 예로 들고 싶다.

> 연합뉴스,
>
> 2018년 5월 7일 기사 <돌아온 왕석현 "'과속스캔들'
> 기억해주셔서 감사해요"> 내용,
>
> 왕석현은 800만명 이상 관객을 동원한 영화의 주인공인
> 만큼 학교에서도 '스타' 아니냐고 하니 고개를 절레절레
> 흔들었다.
>
> "너무 어릴 때여서 제가 그런 연기를 했는지도 모르는
> 친구가 대부분이에요. 오히려 이번에 <둥지탈출>에 나오고

나니 이름을 안 부르고 '연예인'이라고 놀리더라고요. (웃음) 그만큼 저는 평범하게 컸어요. 친구들도 많고요. <둥지탈출> 속 여사친(여자 사람 친구)은 정말 그냥 친구인데요, 마찬가지로 연기 활동을 하는 친구라 얘기를 종종 나눠요."

당시 호흡한 차태현, 박보영에 대해서는 "차태현 선배님은 '할아버지', 박보영 누나는 '엄마'라 불렀다. 영화 끝나고 한동안은 보영 누나를 진짜 엄마로 인식해 전화해서 '왜 안 오느냐'고 했다는데 현실에 적응한 후에는 서서히 연락이 끊겼다"며 "방송에서 다시 만나도 재밌을 것 같다"고 했다.

왕석현의 또 다른 인터뷰 기사 제목,
"기억이 잘 안 나지만 그냥 저럴 때가 있었구나 해요.“

** 기억이 잘 안 나지만 그냥 저럴 때가 있었구나 해요.
다시 보니 귀엽더라고요.
기사 출처: 엑스포츠 뉴스 <왕석현 '차태현, 박보영과 또 만나고파>

무슨 말이 하고 싶냐면, 솔직히 어렸을 적 기억이
아버지에겐 미안함으로 남아있을 수 있으나, 지금의
아이는 오히려 잘 기억하지 못할 수도 있다는 것이다.
따라서, 아주 냉정하게 말하자면, 굳이 아픈 기억을
끄집어내서 사과할 필요가 없다고 본다. 이 글을 보시는
부모님이 잘 들으셨으면 한다.

사과를 하는 것, 그건 부모님 마음이 편하려고 하는
것일 수도 있다. 나에겐 선명하게 남아 있는 미안함들을
편지로 떨쳐 내려는 것이다. 물론 이런 마음까지 나무랄
순 없다. 하지만 우리도 돌이켜보면, 어렸을 적 부모님께
혼난 적이 있어도 그것이 선명하게 기억나진 않는다.
그리고 단지 그 기억들 때문에 부모님을 밀어내려
하진 않는다. 아직까지 아이들에게 부모님은 이 세상의
전부다.

그래서 편지 내용에서 사과를 빼는 것이 더 좋다고
생각하면서 조금 더 아이의 심리에 대해 찾아보았다.
아이들 이야기만 나오면 TV에 등장하는 오은영 박사님
유튜브 영상을 3개 정도 보았다. 그중에 가장 와닿는

영상은 2019년 5월 9일에 업로드된 "'아이들에게 부모는
우주" 오은영의 말에 강호동 '울컥'"이라고 되어 있는
가로채널 23회 발췌 영상이었다. 여기서 오은영 박사는
'부모는 자격이 필요 없다. 더 나은 부모가 되려고 너무
애쓰지 말라', '아이들에게 부모는 우주'라는 표현을
하면서 그저 옆에 있는 것만으로도, 이야기를 들어주는
것만으로 아이들의 생존 욕구가 충분히 생겨난다고 했다.
그래서 나는 이렇게 편지를 썼다.

아들아,

아빠가 너를 너무 어릴 때 만나서 어떻게 하면
잘해주는 것인지 많이 헷갈렸었어. 아빠도 아빠라는
것을 처음 해봐서 잘 몰랐나 봐. 너한테 더 잘해주고
싶어서 고민했는데, 결국 그건 너한테 평소에 물어보고
이야기를 하고 들어주는 것이라고 생각했어. 같이 게임도
하고, PC방도 같이 가고, 맛있는 것도 먹으러 가고, 가기
전에 너가 뭘 먹고 싶어하는지 물어보고. 앞으로 그렇게
하겠다고 약속해주고 싶어.

항상 첫째라서 동생도 챙기고 아빠랑 엄마 눈치도
보고 그러느라 혹시 너무 큰 마음의 부담을 가지고
있지는 않은지 걱정이 되지만, 언제나 아빠가 ○○이
곁에 있을 거니까 힘든 게 있거나 꼭 말하고 싶은 게
있으면 언제든지 말해주길 바랄게.

아빠는 롤 다이아 승급이 어떻게 하면 되는 건지 잘
모르지만, 너가 다이아가 되는 게 그렇게 좋다면 아빠도
많이 도와줄게. 올해 아빠의 목표도 ○○이가 다이아가

되는 것이니까, 같이 꼭 한번 만들어보자!

　　그리고, 이거는 너 마음대로 써도 되는데, 게임

아이템을 사도 되고, 친구들이랑 맛있는 것도 먹어도 돼.

(문화상품권 1만 원짜리 5개, 5만 원어치를 건넨다.)

　　항상 고마워 ○○아, 아빠도 더 잘할게.

여기까지.

편지는 생각보다 더 짧았다. 쪽지에 가까울 정도였다.
하지만 애초에 편지의 길이가 마음의 깊이를 결정하는
것은 아니니 진심을 전달하는 데 부족함이 없을 것이라고
생각했다. 더군다나 아버지가 직접 읽어주신다고
했으니까!

내가 쓴 편지는 어머니에게 전달되었고, 이내
어머니에게서 답장이 도착했다.

~~~~~~~

덕분에 감동적인 불금을 보냈습니다. ^^ 둘 다 울고불고 해서
순식간에 울음바다가 됐어요. 다른 가족들까지요. 다음 날엔
수영장에서 애기처럼 놀아도 주고, 아주 꿀이 뚝뚝 떨어지는
부자지간이었습니다.
   (문상 꼭 전달하겠습니다. 소곤소곤.)

글고 더운 여름에도 재미진 방송 맹글어주셔서 감사해용.
아아 드셔요~. 엠장님 카뱅으로 보낼께요. ^^

～～～

그리곤, 아버지와 아들이 함께 해맑게 웃고 있는 수영장 물놀이 사진과 모닥불 앞에서 울며 깊게 포옹을 나누는 부자간의 동영상까지 보내주셨다.

아, 이 뿌듯함이란.

'나도 아버지께 잘해야겠다'는 마음이 들었다가도 언제 결혼하냐는 질문에 퉁명스레 전화를 끊는 내 모습이 보인다. 참, 남의 이야기는 쉬운데 내 일은 쉽지 않다.

아니, 결혼은 혼자 하는 거냐고.

다섯 번째 편지

무뚝뚝한 경상도 신부, 남편에게 진심을 전하다

편지가 도착했다. 이번엔 신부가 신랑에게 보내는
편지다.

두 사람은 2년 정도 만나고 결혼에 골인했는데,
신부는 만나면서 편지 한 통 쓴 적이 없는 경상도 남자
버금가는 무뚝뚝함을 가진 경상도 여자라고 스스로
밝혔다. 특정 지역에 대한 이런 발언에는 오해의 소지가
있기에, 사연자가 그렇게 표현했음을 다시 한 번
밝혀두고 싶다.

편지를 주는 타이밍은 신혼여행 가서.

의뢰 내용은 잘 살자.

두 사람은 5년 전에 부모님의 성화에 못 이겨 이른바
'선개팅'으로 처음 만났다가 그냥 흐지부지되었다고
한다. 그러다 똑같은 사람과 3년의 시간을 두고 다시
2년 전에 한 번 더 선개팅을 했다고 하는데, 이유는 남자
쪽에선 마음이 있었다고.

사연자는 솔직히 처음에 '이 사람 아니면 더 좋은
사람 만날 수 있을까?' 하는 그런 확 끌림은 없었고,
만나보려고 노력을 했다고 한다. 사연자가 살고 있는
지역은 경상도, 남편이 될 사람은 경기도인데 주말에 딱
한 번 보려고 매주 먼 길을 내려오는 것에 마음이 점차
열리기 시작했다고 한다. 그렇게 사랑이 시작되어 2년을
함께했고, 결혼까지 온 것이다.

사연자는 지난겨울 몸이 안 좋아져서 간단한 수술을
받았는데, 조금 심각한 상황이라 당시엔 매일같이 혼자
울면서 별별 생각을 다 했다고 한다. 이 사람을 잡고
있어도 되나 싶어서 '내가 몸이 안 좋으니 지금이라도
다른 좋은 사람 만나라'고까지 이야기했는데, 고맙게도

남편은 옆에 계속 있을 거라고 해줘서 너무 고마웠다고
한다.

어떤 편지든 남편은 감동받을 거라고 확신했다.
원래 하지 않던 사람이 무언가를 하면 감동하기
마련이니까. 더 상세히 이야기를 묻지 않더라도 두 사람
사이엔 우여곡절이 많았을 것이라고 생각했다. 아픈 몸
때문에 이별까지 고민했다면, 보통 사람들이 겪는 아픔
이상이었을 테니까. 그래서 첫 멘트가 가장 중요하다고
생각했다. 결혼식의 날짜는 이미 나왔고 프러포즈도 분명
지나갔을 상황이라, 어쩌면 모든 것이 결정된 상황이므로
일반적이면서도 뭔가 결혼식이 끝난 신혼여행에서
함께하고 있는 그 상황이 안심이 되는 그런 말.

나는 긴 고민 끝에 첫 문장을 썼다. 첫 문장이 제일
중요하다고 생각했기 때문이다.

～～～～～

오빠,

와, 우리가 결혼을 하긴 하는구나. 지난 2년 동안
별일 없는 듯이 많은 일들이 있었고, 심지어 코로나
때문에 결혼식도 연기되고 우여곡절이 많아서
힘들었는데 그래도 여기까지 왔네. 내가 힘들었던 것이
제일 먼저 생각나면서도 옆을 돌아보니 분명 똑같이,
아니 어쩌면 훨씬 더 힘들었을 오빠한테 앞으로도 '나 좀
잘 부탁한다'고 이야기하고 싶어서 이렇게 편지 써.

애교가 여자의 옵션은 아니더라도 나 스스로도
가끔은 '너무 무뚝뚝한 게 아닐까?' 하는 생각을 하곤
해. 내가 가진 오빠에 대한 마음과는 무관하게 조금 더
살갑게 하지 못해서 늘 미안한 마음이 들어. 아니, 솔직히
가끔 들어. 살가운 것과 애교는 다른 부분인데 결혼하고
나서는 훨씬 더 우리 둘만의 시간이 많아질 테니 나도
오빠처럼 살갑게 다가가고 이야기 나누는 아내가 되도록
노력할게.

그리고 오빠, 참 고마워. 지금 돌이켜보면 우리는 5년

전에 처음 만났다가 다시 2년 전에 만나면서 지금까지
오게 된 것이었잖아. 오빠의 용기가 아니었다면 분명
우린 지금 함께하고 있지 못할 거야.

처음엔 '더 보고 싶은 사람이 움직이는 게 맞지'라고
생각하면서 오빠가 거의 매주 경기도에서 내가 있는
경상도까지 오는 것이 당연한 것처럼 생각했는데 지금은
아니야. 장거리 연애를 하면서 한눈을 팔 수도 있고,
그냥 거리가 멀어 지칠 수도 있는데 한결같이, 그리고
변함없이 다가와줘서 너무 고마워.

나는 오빠의 그런 변함없는 모습과 마음을 확인하며,
앞으로의 인생을 나의 인생이 아닌 우리의 인생으로
바꾸어도 좋겠다는 강한 확신을 가졌는지도 몰라. 너무
고마워.

지난 겨울 내가 몸이 아팠을 때, 혹시 내가 문제가
생기면 어쩌냐며 다른 사람을 만나도 된다고 마음에도
없는 이야기를 내뱉었을 때도 흔들리지 않고 내 손을

잡아줘서 너무 고마워. 나는 정말 그때 '아, 이 사람이면 나보다 나를 더 잘 알고, 나보다 날 더 믿어주고 함께해줄 수 있겠구나' 하고 믿게 되었어. 오빠를 만난 게 내 인생에서 가장 큰 행복이야.

오빠, 어디선가 읽은 글인데, 과거의 기억은 모두 자작극이래. 내가 어떻게 의미를 부여해서 기억하느냐에 따라서 달라지고, 내가 감독이 되어서 어떻게 각색하느냐에 따라 달라진대. 어떨 때는 좋은 일만 크게 부각시키고, 또 어떨 때는 안 좋은 일들만 선명하게 남기고. 나는 우리가 인생을 살아가면서 우리 스스로를 돌아봤을 때, 오빠와의 추억을 대부분 기쁘고 행복한 일들로만 각색하고 기록할 자신이 있어. 오빠도 그렇지?

오지 않은 미래는 기대감과 설렘으로 채우고, 지금은 있는 그대로를 즐기고, 지나간 시간은 행복으로만 채울 수 있는 부부의 삶을 살아가자. 오빠.

그리고 마지막으로 오빠, 혹시 우리가 살아가다 말 못 할 고민이나 어려움이 있을 때, 가끔은 내게 기대어도

돼. 나도 내 어깨 한켠은 언제든 오빠가 기댈 수 있게

열어둘게. 꼭 기억해, 알았지? 이젠 우리 같이 이겨내자.

무엇이 됐든.

주절주절하는 편지 읽어줘서 너무 고맙고, 나

앞으로도 잘 부탁해!

사랑해, 오빠.

 씀.

~~~~~

　편지를 사연자에게 전달하자 이내 사연자에게 연락이
왔다.

~~~~~

　작가님. ㅠㅠ
　편지 정말 감사해요. 제 사연 설명해주시고 첫 글자 읽어주실
때부터 눈물 났어요.

　오빠한테 늘 했던 말이 처음부터 나와서 깜짝 놀랐어요. ㅠㅠ
편지 전달하면 오빠가 정말 좋아할 거 같아요. 조금 전 통화하면서
투닥거렸는데 괜히 더 미안해지네요. ;;;;;; 신혼여행 다녀와서
후기도 꼭 말씀드릴게요.

　정말 정말 감사드립니다.

~~~~~

　하아. 다행이다.
　편지는 받는 사람의 감정도 중요하지만, 전달하는
사람의 마음을 오롯이 담는 것도 중요하다. 때로는
무엇보다 그것이 중요할 수 있다.

'오빠가 편지를 받고 감동했다'는 한마디가 나름 오랫동안 고민한 수고로움을 모두 덜어주고 마음을 뿌듯하게 만들어주었다.

이 편지를 전달하는 방송에 함께 출연한 영화 유튜버 '거의없다' 형은 무뚝뚝한 성격이라도 적어도 사랑하는 사람에게는 고쳐야 한다는 쓴소리(?)를 남겼는데, 이 부분도 받아들이겠다는 말까지 남겨주셨다.

맞다. 사랑하는 사람에게 내가 무뚝뚝하다고 느낀다면, 그 성격을 조금 바꾸려고 노력하는 것이 맞겠지.

사랑이니까.

여섯 번째 편지
새 엄마보단 큰언니가, 딸에게

편지가 도착했다. 엄마가 딸에게 보내려는
사연이었다. 그런데 엄마는 자신이 직접 낳은 딸이
아니라고 말씀하셨다. 새엄마였다. 혹시나... 하며 덜컥
겁부터 났던 사연이다.

새 엄마는, 이렇게 사연을 보내주셨다.

우리 첫째 딸은 제가 낳은 딸이 아니에요. 남편과 첫째
딸을 만나 결혼한 지는 올 12월이면 10년 되고요. 딸이 초등학교
2학년이던 때 처음 만났죠. 지금은 9살 여동생, 8살 남동생이 생겨
세 아이가 되었어요. 50대 전후인 우리 부부가 먼저 가도 셋이

재밌게 살기를 바랄 뿐이에요.

올해 고3인데 코로나로 학교도 다 못 다니는, 내년이면 어른이
되는 우리 큰 아이에게 편지를 써주고 싶네요. ㅎ

~~~~~~

덜컥 겁이 났던 이유는 혹시나, 두 사람의 사이가
좋지 않아서 화해를 시도하는 편지는 아닌지 걱정이
되어서였다. 지금 딸과 어떤 상황인지, 잘 지내는지,
딸을 어떻게 생각하는지, 반대로 딸은 새엄마를 어떻게
생각하는지, 쉽게 말해서 서로 평소에도 사이가 좋은지가
궁금했다.

다행히도(?) 그런 문제로 쓰는 편지가 아니었다.
오히려 반대였다. 새엄마라기보다는 큰언니처럼 딸과
장난도 치고, 밤 12시가 넘어가도록 수다를 떨며
이야기를 나눌 수 있는 편한 모녀 사이였다. 사실
피붙이라고 하더라도 부모 자식 간의 사이가 마냥
좋기란 어렵다. 그럼에도 불구하고 이런 언니 동생같은
모녀 관계라면, 난 오히려 어른으로서 한 번쯤은 진지한

편지를 써줘도 좋겠다는 생각이 들었다.

그렇다면 하루라도 인생을 더 살아본 어른은
아이에게 어떤 이야기를 들려주면 좋을까? 조심스레
편지를 쓰기 시작했다.

~~~~

딸아,

요즘 코로나 때문에 학교도 안 가고 좋지? 일찍

일어나서 씻고, 교복 챙겨 입고 시간 맞춰서 책상에

앉아 있지 않아도 되고. 물론, 고3이라 마음이 마냥

편하지만은 않을 거야. 편지는 특별한 날에 쓰기도

하지만, 편지를 쓴 날이 특별한 날이 될 수도 있다고

생각해서 몇 자 적어볼게.

엄마는, 우리 딸이 원하는 ○○대 경영학과에 가길 두

손 모아 기도해. 대학에 가면 지금의 마음과 달리 기대와

실망을 반복할 수도 있겠지만 엄마는 그저 네가 원하는

것이 이루어져서 네가 행복해하는 모습만 보길 바라.

그래서 잘 지켜지지 않는 뻔한 이야기 몇 개 들려주고

싶어.

딸아, 엄마는 믿어. 네가 좋은 대학에 갈 것이라고

믿는 것이 아니라, 지금처럼 네가 원하는 무언가를

구체적으로 생각해두고 그걸 위해 노력하고 행복을

찾아가는 과정이 앞으로도 무궁무진하게 펼쳐질

것이라는 것을 믿어. 매번 너에게도 말해주지만, '엄마와 아빠가 좋아하는 것이 무엇일까?' 고민하며 우리의 기준에 맞추는 것이 아니라, 너 스스로 행복을 찾고 우리가 뜯어말려도 나아갈 수 있는 삶을 살길 바라.

세상에서 가장 소중한 사람은 엄마도 아니고, 아빠도 아니고 가족도 아니야. 잊지 마. 가장 소중한 사람은 바로 너야. 스스로의 행복을 찾을 수 있는 사람만이 다른 사람도 지킬 수 있는 거야. 너의 삶을 살길 엄마는 진심으로 바랄게. 그리고 그 가치는 가끔 바뀌어도 돼. 바뀌는 것도 우리의 인생이고, 그걸 받아들이는 것도 우리 인생이야.

벌써 10년이나 됐어. 네가 초등학교 2학년 때 우리가 만났고, 한 번도 엇나가지 않고 건강하게 커줘서 너무 고마워. 그 고마움 뒤에 가끔은, 혹시 내가 '새엄마'라서 네가 더 조심하는 건 아닐까? 하고 엄마 혼자 고민에 빠진 적도 많아. 내가 새엄마라는 이유로, 남들 다 겪는 사춘기에도 혹시나 알게 모르게 내 눈치를 보진 않았을까, 내가 널 낳지 않았다는 이유로 남들은 짜증 내고 화를 버럭버럭 낼 수도 있는 상황에서 혹시나 나의 존재로 되려 조심스러워하진 않았을까, 늘 마음 한켠이 쓰라렸어.

딸아, 혹시 그렇진 않았지? 혹시나 그랬다 하면, 그런 적이 있었다면 엄마가 너무 미안해. 한 번은 꼭 이 말을 해주고 싶었어. 네가 마음의 짐을 조금 더 내려놓길 바랄게. 엄마는 진심으로 네가 너의 마음대로 살길 바라니까.

계속해서 하고 싶은 걸 하라고 했는데, 이게 또 부담으로 느껴지진 않았으면 좋겠어. 그걸 찾아가는 과정도 인생이니까. 곧바로 떠오르지 않으면 하고 싶은 것을 정하기 전에, 하고 싶은 것을 하고 싶다고 말하는 방법, 그걸 찾아가는 방법, 그리고 하기 싫은 것은 정중히게 하기 싫다고 표현하는 방법도 배워가길 바랄게.

우리 딸, 내년이면 이제 진짜 어른이다. 늘 동생 챙기느라 양보만 하게 한 것 같고, 내가 키운 것보다 스스로 커준 것이 더 많은 것 같아서 늘 미안하고 고마워.

그래, 참 고마워. 그리고 우리 딸, 사랑해. 새는 날려
보내고, 편지 마무리 지을게.

질투 심한 언니 같은 '엄마'가 세상 소중한 친구이자
동생 같은 큰딸에게

~~~~~

　편지를 받는 대상은 딸이었지만, 이 편지를 부탁하는 엄마의 마음도 '쿵' 하고 쳐보고 싶었다. 엄마의 마음을 건드리면, 자연스레 딸도 덩달아 마음이 '쿵' 할 것이라고 생각했다.

　편지는 잘 전달되었고, 편지의 후기도 전달받았다.

~~~~~

　생각지도 못했는데 벌써 편지 써주시고… 정말 감사합니다!

　새벽 4시쯤 깨서 혹시나 하는 마음에 〈수해복구〉를 열어보았습니다. 혹시나 했는데 제 사연을 읽어주시는 오작가님 목소리에 다들 깰까 봐 환호도 못 하고 숨죽여 들었습니다.

　오작가님의 글솜씨를 믿었기에 자세하게 저의 심정을 말씀드리지 않았습니다. 오작가님은 이작가님에 감성을 장착한, 이작가님을 능가하는 작가라고 박수를 보내드리고 싶습니다. 어느 글에는 웃고 어느 글에는 울고…. 장가도 안 가신 분이 어쩜 그렇게

제 심정을 잘 알고 쓰셨는지요. ^^

처음에는 오작가님이 직접 읽어주시는 것도 바랐습니다.
엠장님이 읽으신다고 하셨을 때 못 참고 뿜어서 우리 남편 깰
뻔했습니다. ㅠㅠ 그런데 손문선 아나운서님이 읽어주시는 거 참
좋았습니다. 담담하게 읽으면서도 제 마음 잘 전달해주셔서 손문선
아나운서님께도 너무너무 감사드립니다.

하루를 저녁까지 꼬박 기다리며 편지 내용만 mp3를
편집해놓고, 학원 다녀오면서 듣길 바라며 카톡으로 편지를
전달했습니다. 큰딸의 반응은 이랬습니다.

"아 진짜 감동이야…"
"나 울었어요…"
"진짜 엄마가 생각하는 이상으로 항상 사랑해요. ♥ ♥ ♥ ♥
♥ ♥ ♥ ♥ ♥ ♥ ♥ ♥ ♥ ♥ ♥ ♥"
"많이 사랑해용~. ♥ ♥ ♥ ♥ ♥ ♥ ♥ ♥ ♥ ♥"
이렇게 답장이 왔습니다. 카톡도 보내드렸으니 보시겠지만,
하트가 수십 개 달려 왔어요. 진짜 감동하고 기분 좋았던 것
같습니다. 목표 달성하기 위해 더 힘을 낼 것 같습니다!

오작가님과 여러분들 덕분에 이렇게 큰아이와 또 하나의 추억을 만들었습니다. 정말 정말 감사드립니다, 여러분.

앞으로도 큰아이랑 지금처럼 철없이 장난치고 진심으로 서로를 위하며 살아갈 겁니다.

상대의 입장을 헤아려볼 줄 아는 여러분들 모두 진짜 저에게는 소중하고 감사한 분들입니다. 항상 〈수해복구〉와 다른 팟캐스트나 유튜브, 그리고 TV나 라디오에서 네 분 나오시면 응원하고 댓글로 박수 보낼게요. 제가 예전에 좋아했던 팝송을 틀어주신 PD님께도 감사드립니다.

감사합니다, 수해복구 포에버!

~~~~~~

세상 그 어떤 엄마보다 멋진 엄마를 만나 나도 기뻤다. 내가 써준 편지 말미에 '새'를 날려보낸다는 말은 새엄마에서 '새'를 빼겠다는 의미였다. 이 정도면 충분히 빼도 되지 않을까. 아니, 딸과 큰언니는 이미 오래전에, 그 새를 날려 보내버리지 않았을까.

추천사 2
박종윤

세상엔 말로 전하기 어려운 순간이 많다. 너무 가까워 남사스럽거나, 너무 멀어 포기했거나, 어디서부터 시작해야할지 알 수 없어 용기가 나지 않을 때가 모두 그렇다.

<수해복구> 오창석 작가의 '대신 써 드립니다'는 청취자들의 그 어려운 이야기를 '편지'를 통해 대신 담아냈다. 덤덤하게 그리고 진솔하게 써 내려간 오창석 작가의 글로 누구에게나 있을 법한 혹은 이런 일이 또 있을까 할 법한 그 순간들을 만날 때마다, 나도 모르게 사연의 주인공이 되어 마음을 나누고 위로를 받고 용기를 얻는다.

자신을 드러내기 어려운 세상에 깊은 이야기를 털어놓은 청취자들에겐 다시 한 번 감사를, 모자라지도 넘치지도 않아 오히려 꽉 찬 편지를 써준 오창석 작가에겐 박수를 보낸다.

일곱 번째 편지
난 너의 여자친구

편지가 도착했다. 연인의 이야기이다.

그들에게 AGE는 나이가 아닌 서로를 만난
시절이었다.

연인 간의 편지는 늘 아름답다. 사랑이 타오를 때의
이야기는 어떤 단어를 쓰더라도, 어떤 이야기라도
달달하게 느껴지기 마련이다.

특별한 기념일에 주는 편지가 아니어도.

〜〜〜

안녕하세요 작가님!! 〈청정구역〉, 〈수해복구〉, 〈불한당들〉,
〈측면승부〉 등 작가님 나오는 팟캐스트 거의 다 듣는
청취자입니다!!!! 다름이 아니라 〈수해복구〉 '대신 써 드립니다'
편지 신청하려고 연락드렸습니다. ㅎㅎㅎ 편지는 남자친구한테
보내는 거구요. 저랑 남자친구는 17살 차이가 나는 연인이에요.
저는 29살이고 남자친구는 46살입니다. 직장에서 사장과 직원으로
처음 만났습니다. 만난 지는 4년 정도 됐구요.

작년 1월에 제가 먼저 헤어지자고 해서 잠깐 헤어졌다가
3월에 다시 만나서 행복하게 지내고 있습니다. ㅎㅎㅎ 남자친구는
이혼하고 혼자 딸을 키우고 있어요!! 남자친구가 요새 일
때문에 스트레스도 많이 받고, 가끔씩 제가 너무 어리니까 주변
사람들한테 '그만 놔줘라, 29살이면 결혼할 때인데 네가 잡고
있는 거 아니냐' 같은 말들을 듣는 것도 스트레스일 텐데 저한테는
아무 내색도 안 하고, 다른 힘든 일이 있어도 나이 차이가 많이
나서 그러는지 아니면 그런 모습을 저한테 보이기 싫어서 그러는지
저한테는 말을 잘 안 해요. 남자친구는 항상 제가 1순위고 제가
하는 모든 것을 이해해주고 사랑해줍니다. ㅎㅎ 4년 동안 제가
짜증 낸 거 이외에는 다툰 적이 없어요. 항상 저한테 다 맞춰주고

무조건적으로 사랑해주는 남자친구한테 고맙다고 편지 써주고 싶어요!!

8월에 여행 가기로 했는데 여행 갔을 때 전해주고 싶어서 신청합니다. ㅎㅎㅎ

~~~~~

일단 정말 대단하다. 사랑은 대단하다.

나이 차가 가장 먼저 눈에 들어왔던 것이 사실이다. 하지만, 사연자가 상관없다고 했으니 우리가 더 이상 이 부분을 크게 부풀릴 필요는 없었고, 사연자가 보내준 내용을 토대로 몇 가지 포인트부터 체크해봤다.

1. 나이 차

사실 7살 차도 많다. 10살 차도 많다. 그런데 합친 17살 차이면 쉽지 않은데, 이를 반대로 뒤집으면 이 여자친구는 진짜 그건 상관없는 사람이라는 거다. 그러니까 너무 이 부분을 부각시키지 말자.

2. 남친이 절대적으로 여친을 위한다. 그리고 여친은 심지어 중학생인 딸과 가끔 만나 놀 정도로 대단한(?), 또는 멋진 사람이다. 정말 이런 사람을 만나기란 쉽지 않을 것이라고 본다. 그리고 여기에 더해 편지까지 써달라고 하는 것을 보니, 여친의 남친에 대한 사랑도 충분하다.

3. '여행지'에서 전해줄 편지

이게 중요한 포인트다. 여행을 가면 코로나 시국이라 분명 국내 여행일 것이고, 여기저기 여친이 가고 싶은 예쁜 카페와 펜션 또는 숙소와 뷰가 중요하다. 분명 사연자의 남친이라면 이 모든 것을 배려해서 여행지를 선택할 것이다. 이에 대한 고마움을 미리 써두면 좋을 것 같다는 생각이 들었다.

이러한 부분들을 종합적으로 고려해서 편지를 썼다.

오빠,

우리 운동 좀 하자. 미안, 시작부터 이래라저래라
해서. 근데 오빠, 잊으면 안 돼. 난 아직 20대야.
돌아다니고 싶은 곳도 많고 체력도 아직 너무 짱짱해.
내가 오빠 몸을 김종국처럼 만들라는 것은 아니고 적어도
이봉주는 될 수 있지 않을까? 러닝 머신도 열심히 하고,
내가 아직 하고 싶은 것, 보고 싶은 곳이 많으니까. 오빠
일도 하고 체력적으로 힘들어서 쉬고 싶어하면 나도
모르게 뭘 같이 하자고 말하려다가 참게 될 때가 가끔
있었어. 그러니까, 김종국 몸같이 우락부락하지 않아도
돼. 나랑 놀아줄 체력은 꼭 남겨둬. 물론, 김종국 몸이
된다 해도 굳이 말리진 않을게.

편지 잘 안 쓰다가 쓰려니 어색해서, 뭔가 틱틱대면서
시작했는데 그동안 하고 싶었던 말들 몇 개 적어볼게.
오빠, 나는 나보다 훨씬 더 많이 알고 있고 많은 경험을
해본 오빠가 너무 좋아. 그런데 가끔은 해봤던 그
경험들을 너무 재미없게 생각하진 않았으면 좋겠어.
왜냐면, 나는 아직 해본 것보다 안 해본 것이 훨씬

더 많거든. 나는 여전히 새로운 것에 대한 호기심이 많고, 별로 인생에 도움이 안 되는 것처럼 보여도 꼭 해보고 싶거든. 왜 그런 말 있잖아. '남들 하는 건 다 해보고 싶은' 그런 감정. 그러니까, 설령 오빠가 해본 것이라 하더라도 꼭 다시 같이 해주고 내겐 신기하고도 첫 경험이 될 수 있는 것들에 대해 존중해주고 함께 해줬으면 좋겠어.

또, 오빠의 미리 살아본 연륜은 내가 실패하지 않을 가능성을 높여주지만, 또 한편으로는 내가 해보고 실패로써 얻을 수 있는 경험을 미리 빼앗아버릴 수도 있으니 내가 정말 하고 싶은 것들이 있다면 진심으로 응원해주길, 그리고 그것이 뻔히 실패할 것처럼 보여도 무작정 막아서지 않길 바랄게. 인생은 어떤 결과가 나올지 해보기 전까지는 아무도 모르는 거니까! 또, 혹시나 예상대로 실패하더라도 '내 그럴 줄 알았다'고 말하기보다 아무 말 없이 와서 먼저 나의 감정을 어루만져주길 바랄게.

아, 그리고 오빠 매번 그런 마음가짐으로 만나고

있는데 계속해서 마음에 담고 있을 것 같아서 다시 말해줄게. 주변에서 '어린 또래 만나서 연애하고 결혼할 나이인데, 그만 놓아주라' 같은 말들 하잖아? 그거 나 신경 안 쓰니까 정말 신경 쓸 필요가 없어. 나는 나이 많은 사람을 만나고 있는 게 아니고 그냥 내가 사랑하는 사람이 나이가 많을 뿐이야. 아 다르고 어 다른 거야. 그러니까 그런 시선이나 주변에 소리 신경 쓰지 마. 안 그래도 회사나 다른 일들로도 스트레스가 많을 텐데, 나랑 만나는 것에서까지 스트레스를 더해주고 싶지 않아. 그냥 이대로 우리는 잘 만나면 될 것 같아.

또, 반대로 오빠도 날 주변의 시선으로부터 지켜줘야 해. 나이 차가 많이 나니 사람들이 오빠한테는 놓아주라는 이야기를 하지만, 나를 보면서는 '쟤가 뭘 원해서 나이 차가 많아도 만나고 있다' 같은 생각을 하니까, 세상의 모든 불편한 눈초리로부터 절대적으로 날 보호해줘야 해.

고맙고, 늘 함께해줘서 감사하다고 쓰려고 했던 편지가 주저리주저리 내가 뭘 해달라고 하는 이야기로만

채워져버린 것 같아서 조금 미안하지만, 이 편지에 담긴

의미와 내 진심을 오빠가 잘 알아줄 거라고 생각해.

나도 운동 열심히 하고, 앞으로 오빠랑 할 수 있는 것들,

해보고 싶었던 것들을 하나씩 꼭! 같이 했으면 좋겠어. 나

앞으로도 잘 부탁해! 그리고 정말 사랑해 오빠.

이 편지를 쓰면서 나는 실제로 11살 차이가 나는
연인과 결혼을 한 나의 고등학교 동창에게 전화를 해서
물어봤다. 나이 차가 많이 나는 여친이 있었을 때 어떤
기분이 들었고, 어떤 심정이었는지.

그 친구는 이렇게 말해주었다.

"한번은 여친이 자기 또래 대학교 친구들이랑 술
먹고 사진 찍은 걸 인스타그램에 올렸는데, 너무 잘
어울리더라. '어쩌면 내가 아닌 저 또래를 만났어야 하는
것이 아닌가?' 하는 생각이 문득 들면서도 친구들끼리
2차 갈 거 안 가고 나한테 걸어오는데, 뭔가 '저 여자다.
내가 사랑하면 내가 지켜야 한다' 하는 생각이 들어서 더
열심히 살게 되더라."

그래, 이게 포인트다. 편지는 여친이 보내지만, 결국
남친이 어떻게 받아들이는지가 중요하다. 아무리 둘이
괜찮다 해도 세상이 바라보는 왜곡된 시선 때문에, 또는
스스로 가지게 되는 연상의 부담감을 떨쳐주면서도
책임감을 가지게 하는 느낌.

그래서 어쩌면 이는 부탁이나 당부의 편지이지만,
나이 차가 많이 나는 남친의 입장에서는 이 편지를
받았을 때, 일단 나를 위한 편지를 써줬다는 것에 한
번 감동하고, 내용을 보고서는 더 큰 책임감과 사랑을
지켜나가야 한다는 약간의 부담감을 느끼게 하는 것도
나쁘지 않을 것 같다는 생각을 해서 철저히 여친의 애정
어린 시선, 그 입장에서 편지를 썼다.

편지는 잘 전달되었고 사연자로부터 후기가
도착했다.

~~~~~~

안녕하세요 작가님!! 저번에 17살 차이 나는 남자친구한테
편지 써달라고 한 사연자입니다. ㅎㅎ

일단 편지 써주셔서 너무너무 감사합니다!! 이 편지를
남자친구한테 써줄까... 하다가 그냥 차 안에서 제가 팟캐스트를
틀어서 남자친구한테 들려줬습니다! 처음에는 자기인 줄 모르다가
계속 듣더니 '네가 사연 보낸 거냐'고 묻더라고요. ㅎㅎㅎㅎ

그렇게 차 안에서 둘이 손잡고 끝까지 들었네요.

남자친구가 감동이라고 너무너무 고맙다고 정말 너무 많이 좋아했습니다!!! 나중에 물어보니까 편지 사연 부분 20번 넘게 돌려 들었다고 그러더라구요. ㅎㅎㅎ 집에서 혼자 울기도 했대요. ㅎㅎㅎ 이렇게 저랑 남자친구한테 큰 이벤트 해주셔서 너무너무 감사합니다!!! 나중에 좋은 소식 있으면 또 사연 보내드리겠습니다. ㅎㅎㅎㅎ 요새 비 많이 오는데 다들 조심하시길 바랄게요!!!! 그리고 이번 주에 이동형 작가님 나온다고 했는데… 이작가님 너무너무 사랑한다고 전해주세요. ㅎㅎㅎㅎㅎ 물론 다들 너무너무 사랑합니다. 정말 감사합니다!!!!!♡

~~~~~~

이 뿌듯함이란.

여덟 번째 편지
너만은 또렷이 보다

편지가 도착했다. 이번 주, 또 사랑으로 가득찬
사연이다. 열렬히 연애를 하고 있는 사람들의 편지를
써주면, 뿌듯하면서 나도 사랑으로 채워지는 느낌을
받는다.

뻥이다. 쓸 때는 그 감정에 젖어들었다가, 이내 혼자
글 쓰고 있는 나의 모습을 보며 괜시리 서러워진다.

~~~~~~~

안녕하세요. 창석 형님, 장원 형님! 저는 20대 후반의
대학생입니다. 형님들의 팬이라 마포구청에서 했던 청정구역의
'굿바이 병신년(丙申年)' 콘서트도 갔었고 안가도 몇 번

방문했었습니다. 또한 잡스러운 연애 첫 공개방송도 보러
갔었답니다

　서론이 많이 길었네요. 최근에 편지 사연들이 무거운 주제가
많다며 '대신 써 드립니다' 코너를 자주 건너뛰시기에 제가 가벼운
사연 하나 보냅니다. ㅎㅎㅎㅎㅎ

　곧 여자친구와 2주년이라 특별한 추억을 만들어주고 싶습니다.
글에 소질이 없어 편지를 써도 매번 같은 말만 반복하는 것 같고,
따뜻한 말도 잘 못하는 편이라 형님의 손길을 받아 색다른 글을
전해주고 싶네요.

　저는 시각 장애가 있어서 남들이 해줄 수 있는 사소한 것도 못
챙겨주는 경우가 허다합니다. 그렇지만 내색 한 번 하지 않고 저를
좋아해주는 여자 친구에게 고마운 마음을 표현하고 싶습니다. 어떤
이야기를 얼마나 써야 할지 잘 모르겠네요.

〰〰〰

　아주 '찐팬'의 사연이다.

2주년에 뜻깊은 시간을 보냈으면 좋겠고, 조금이나마 도움이 되었으면 좋겠다는 생각에 조금 더 신경 써서 쓰고 싶었다. 그러기 위해선 조금 더 디테일하게 접근해야 한다는 생각이 들었다.

사연자에게 몇 가지 질문을 추가로 했다.

~~~~~

1. 여자친구와 만난 계기
2. 여친에게 특별히 고마웠던 점
3. 시각 장애인이고 남들이 해줄 수 있는 사소한 것도 못 챙겨주는 경우가 있다 하셨는데 그게 무엇이었는지
4. 그럼에도 불구하고 여친을 위해 내가 잘할 수 있는 일
5. 2년 동안 가장 뜻깊었던 일이나 에피소드
6. 꼭 여친에게 해주고 싶은 말
고마웠던 점 등등 말씀해주세요. ^^

~~~~~

곧바로 사연자에게서 답장이 왔다.

～～～～～

흠… 여자친구와는 학과 동기입니다. 6살 차이이고요. 제가
고교 시절에 갑작스럽게 시각 장애가 와서 대학 입학하기까지
시간이 좀 걸렸습니다. 여자친구와는 친한 동기 사이였는데 둘이 술
한잔하다가 6개월 정도 저를 좋아하고 있었다는 것을 알게 되어
만나기 시작했습니다.

눈이 나쁘다 보니 여자 친구가 오늘은 어떻게 다른 모습인지,
예를 들어 화장이 바뀌었다거나 머리 스타일이 바뀌었을 때 먼저
알아봐주는 것도 잘 못 해주고 옷이나 물건 하나를 사더라도
여자친구에게 이것저것 물어보고 사야 하는 경우가 많습니다.
온라인으로 무엇인가를 작업해야 할 때도 도움을 많이 받죠.
길거리를 가다가 뭐 예쁘다고 말했을 때 나중에 사다 주고 싶어도
뭔지 몰라 못 사다 주고, 뭐 필요한 것이 있어도 저에게 부탁을 하기
힘듭니다.

제가 학교에서 밴드나 학생회 등 대외 활동을 많이 하는
편이라 항상 여자친구와의 만남은 후순위로 밀렸던 것도 가장
미안한 점 중 하나입니다. 또 무뚝뚝한 스타일이라 공감 능력

또한 떨어집니다. ㅋㅋㅋ 여자친구는 저에게 '공능제'(공감 능력
제로)라고 하더라구요. 이러한 부족한 점이 있음에도 싫은 내색
안 하고 많이 챙겨주고 절 먼저 배려해주는 여자친구가 항상
고맙습니다. 제가 잘할 수 있는 일이라면 흠… 피곤하고 지칠 때
어깨 주물러주는 건 잘 해줄 수 있을 것 같아요. ㅎㅎ

가장 뜻깊었던 일…이라기보다, 저는 좀 이성적으로 바라보려
하고 여자친구는 감성적인 편이라 충돌이 종종 있는데 둘 다
성격이 만만치 않아 세게 부딪치는 편입니다. 그래도 둘이서 술
한잔하면서 그때 상황에 대해서 이야기하면서 털어버리는데
앞으로도 안 다투는 게 좋지만 다투더라도 여태껏처럼 뒤끝 없이
잘 풀었으면 합니다.

'앞으로 살아가면서 더 힘들고 어려운 순간이 오겠지만 같이
묵묵하게, 꿋꿋이 한 걸음씩 나아가자. 지칠 때 기댈 수 있도록 옆에
있을게. 사랑한다.'

두서없이 쓴 글이라 쓰고 보니 엉망이네요. 형님께서 보시고
부족하다 싶으면 알려주세요.

사연 채택해주셔서 감사해요.

～～～

　사실 대부분의 남자들은 달라진 여자친구의
헤어스타일을 잘 알아보지 못한다. 얼굴 위에 있는
헤어스타일도 잘 알아보지 못하는데, 액세서리나 그런
걸 감지할 리가 있나. 물론 그걸 알아내고 예쁘다고
말해주는 것이 노력이라면… 해야지. 암, 해야 하고
말고. 하지만 그런 상황이 되지 못한다면 '그렇게 하려고
하는데 참 쉽지 않다'고 말해주는 것만으로도 여자친구의
마음을 충분히 달래줄 수 있다고 생각했다.

　편지는 이렇게 썼다.

~~~~~

2년이라는 긴 시간 동안 너와 함께하고 있어서 감사해. 참 고마워. 우리 둘 모두에게 축복된 시간이지만, 무엇보다도 네가 나와 함께해줘서 너무 고맙다는 말을 먼저 해주고 싶었어.

사실 내가 좋은 남자친구인가 하는 의문은 항상 있어. 다른 사람보다 조금 눈이 나쁘다 보니, 세밀하게 오늘 화장이 더 이쁘다고 해준다든지, 새로 미용실에 다녀왔어도 곧바로 알아차리지 못하잖아. 너의 변화나 네가 신경 쓴 부분을 늘 먼저 알아봐주고 칭찬해주고 싶은데 매번 부족한 것 같아서 미안해. 예쁘게 꾸미고 왔을 때면 더 디테일하게 칭찬해주고, 누구보다 먼저 예쁘다고 말해주고 싶은데도 내 맘대로 되지 않는 부분이 있다는 것. 하지만 그것이 내게 느껴지지 않는 것은 아니니까 오해하진 않았으면 좋겠어. 내겐 누구보다 네가 가장 예쁘고 가장 먼저 칭찬해주고 싶은 사람이니까.

편지를 쓰면서 이런 생각도 들었어. 항상 이성적으로 생각하는 나와 감성적으로 생각하는 네가 가끔 말다툼을

할 때, 혹시 네가 나와 맞지 않는다고 생각하면 어쩌나

하고 말이야. 음... 안 싸우면 제일 좋겠지만, 사랑하는

사람끼리도 싸울 수 있다고 생각해. 난 지금처럼 싸워도

술 한잔을 나누면서 결국은 풀어버리는 우리의 연애가

계속되었으면 좋겠어. 그런 말 있잖아. 안 싸우는 게

중요한 게 아니라, 잘 싸우는 게 중요하다고.

우리가 가끔 말다툼을 한다고 해서 그것이 서로가

정말 싫고 미워서가 아니라, 작은 의견의 차이라고

생각해. 이것이 몇 번 지속되었다 하더라도 네가 싸움이

반복되고 있다고 생각하지 않고, 끊임없이 우리는 서로를

알아가는 과정이라고 생각했으면 좋겠어. 내가 널 먼저

떠날 일은 없을 거니까. 앞으로도 난 너의 이야기에 조금

더 귀 기울이고 공감할 수 있도록 노력할게.

부족한 나지만, 항상 날 세심하게 배려해주고 나와

함께해주는 너라서 너무 고맙고 감사해. 우리 2년

만났지만, '고작 2년 만났다'고 생각하며 앞으로 우리가

더 함께할 날들, 함께 나눌 추억들과 기쁨들이 더 많길

바라며 내가 더 노력할게.

앞으로 살아가면서 더 힘들고 어려운 순간이 오겠지만 같이 묵묵하게, 꿋꿋이 한 걸음씩 같이 나아가자. 지칠 때 기댈 수 있도록 반드시 네 옆엔 내가 있을게. 사랑한다.

훨씬 더 큰 사랑이 함께할 우리의 2주년의 길목에서, 남자친구 ○○가.

~~~~~~~

마지막 부분에서 느꼈겠지만, 남자 친구가 보낸 멘트를 그대로 살려두었다. 추가적으로 물어본 사항도 최대한 담아내려고 노력했다. 편지는 디테일하면 디테일할수록 좋다.

연애를 한다고 해서 다 같은 연애를 하는 것이 아니다. 모든 커플이 싸워도 다 같은 이유로 싸우는 것도 아니다. 당사자만이 무엇 때문에 싸우는지 가장 잘 알고 있고, 그 부분에 대한 입장도 분명하게 가지고 있을 것이다. 영원히 싸우지 않는다면 좋겠지만, 분명 시간의 흐름이나 상황마다 달라지는 우리의 인생이 그것을 쉽게 허용해주지 않을 것이라면, 사연자의 말처럼 '술 한잔'에 털어내자고 말할 수 있어야 한다. 결국 싸움이 있어도 널 계속해서 사랑할 것이라는 말이니까.

편지는 전달되었고, 사연자로부터 답장이 도착했다.

~~~~~~~

형님, 안녕하세요~
얼마 전이 2주년이라 후기가 늦었습니다.

여자 친구가 방송 듣고 폭풍눈물을 흘리네요. ㅎㅎㅎㅎㅎ 무슨 방송이냐고 물어봐서 새 구독자 하나 늘렸습니다. 〈수해복구〉 홍보도 나름 열심히 하고 있습니당!

제 사연 나온 방송, 다섯 번은 들은 것 같아요. ㅋㅋㅋㅋㅋ 다시 듣다 보니 제가 사연 스토리를 너무 적게 적은 것이 아닌가 하는 생각도 드네요.

무튼 형님, 저는 시각 장애가 온 이후로 복지 정책이나 정치에도 관심이 매우 많습니다. 저 같은 청년들이 어떤 역할을 할 수 있는지, 어떤 다양한 활동을 할 수 있는지 좀 알려주세요!

항상 응원합니다!
감사합니다.

〰〰〰

두 사람이 더 돈독해졌으면 좋겠다. 여자친구가 눈물을 흘릴 정도로 기뻐했다니 나도 기분이 좋다만, 왜 이렇게 난 더 허전해지는 것인가.

아홉 번째 편지
아이의 돌잔치에, 다시 한 번 아내를 바라보다

편지가 도착했다. 때로는 편지가 지난 시간을 파노라마로 만들어주기도 한다.

두 사람은 결혼을 했고, 아이가 생겼다. 아이가 생기면 남자의 이름도, 여자의 이름도 사라진단다. 누구의 아빠와 누구의 엄마가 된단다. 그런 와중에 우린 다시 한 번, 뜨겁게 사랑했던 사람에 대한 고마움을 표할 필요가 있다.

사연은 무려 한글 파일 8페이지 분량이었다. 줄여서 실을까 하다가 최대한 그대로 보존했다. 편지는 내가 쓰지만, 사실 모든 재료는 사연자가 제공한다. 나는 감정의 가이드라인을 받은 조각가일 뿐이다.

하나만 수정했다. 아이를 가진 부모는 세상이 달리
보인다 했다. 아들의 실명을 책에서 그대로 공개하기는
좀 그래서, 아들의 이름을 '세상이'로 바꾸어 실었다.

~~~~~~

현재 제 최애 프로그램인 〈수해복구〉에 사연을 접수할 수 있어
영광입니다. 미르 식구들이 출연하는 프로그램들 모두 좋아하지만
총선 이후에 피로도가 쌓여감을 느끼다가 박시장님 사건 이후에는
〈수해복구〉나 〈잡스〉처럼 가볍고 즐거운 방송을 즐겨 찾게 되는
요즘입니다.

말씀드렸듯 저는 2020년 8월 29일 첫 아이의 돌잔치를 앞두고
있는 초보 아빠입니다. 이 시국에 무슨 돌잔치냐고 생각하실
수도 있지만 처가에서 양가 가족끼리만 모여서 하는 돌잔치이고,
처가는 xx군 xx읍 xx리 주소를 가진 조그마한 동네이자 아직까지
확진자가 없는 곳입니다. 물론 그곳에 저희가 민폐를 끼치지
않게끔 최대한 준비하겠으니 너무 나쁘게는 보지 말아주셨으면

합니다.

아이의 생일을 축하해주고 싶은 마음도 있고, 작가님의 솜씨를
빌려 아내에게도 고마움을 표현하고 싶어서 편지를 신청했습니다.

저와 아내가 처음 알게 된 건 2007년경입니다. 온라인
게임을 통해서 처음 만났습니다. 창피하진 않지만 아직은
자연스러워하는 분위기가 아닌 것을 지금도 느끼고 있습니다. 사실
저도 그랬었거든요. 같이 한 게임은 꽤나 즐거웠고 그 이후로도
자주 같이 했습니다. 그러다 보니 자연스레 많이 친해지고 성격이
잘 맞는다고 느꼈지만 랜선 인연을 현실로 가져오고 싶지 않다는
거부감이 컸고, 뻔한 멘트지만 그때 당시 제 상황이 누군가를 만날
상황이 아니었습니다.

IMF를 거치며 아버지 자영업이 망하고 야반도주를 해서
타지에 정착하는, 생각보다는 꽤 흔한 스토리를 거쳐서 부모님의
마지막 희망이 되어 그 지방 국립대에 재학 중인 상황이었거든요.
등록금은 장학재단 저리 대출을 받고, 대학생 신분을 이용해서
받을 수 있는 캐피탈 대출을 전부 끌어모아 집에 보태고,
아르바이트를 해서 제 생활비와 당시 고등학생이던 동생의 학비와

용돈을 충당했었습니다.

적고 나서 보니 그 와중에도 게임을 했다는 게 참 대단히도 철이 없네요. ㅋㅋㅋㅋ 아마 이 사람을 만나기 위해서가 아니었을까 하고 포장해봅니다.

아무튼 처음부터 목적을 가지고 접근한 건 아니었다는 걸 길게 변명하고, 계속 친해지다 보니 결국에는 같이 게임방 한번 가자는 명목으로 실제로 만났습니다. (당시 아내는 이쪽 지역에서 학교를 다니고 있던 학생이었습니다.) 깜짝 놀랐습니다. 너무 예뻤습니다. 여자들은 원래 총싸움 하러 PC방 갈 때도 샤랄라한 원피스를 입나요? 아무 기대도 욕심도 없이 추리닝을 걸치고 갔던 게 미안할 만큼 아내는 아름다웠습니다.

그 뒤로는 친한 오빠 동생으로 지냈습니다. 예쁜 외모에 혹한 건 사실이지만 당장 하루하루가 버겁기도 했고, 스스로 자격이 없다는 생각이 컸죠. 함께 하는 게임의 빈도는 점점 줄었지만 연락의 빈도는 오히려 조금씩 늘어가는 관계를 꽤 오래 유지하면서 외면보다 내면이 더 아름다운 사람이라는 걸 알게 됐습니다. 그 즈음에는 아내도 눈치를 챌 만큼 좋아하는 마음이 점점 커졌던 것 같습니다.

그러던 중 다행히도 목표로 하던 회사에 입사를 하게
됐습니다. 마음만 점점 커지던 중 이제는 교제를 시작할 수
있는 최소한의 자격은 생겼다는 자신감으로 신입사원 연수를
마치자마자 바로 고백했습니다. 그렇게 긴 연애가 시작됐습니다.
딱 한 번 휴식기가 있었지만 2017년도에 결혼을 할 때까지 한두 번
정도의 다툼밖에 없었을 만큼 저희는 서로 잘 맞았습니다.

한 번의 휴식은 또 뻔해서 죄송하지만 작가님이나 MC
장원님은 이해해주시리라 믿습니다. 우리는 결혼할 준비가 되어
있지 않잖아요? 취업 후 소득의 대부분은 친인척분들의 빚을
갚는 데 들어갔고, 큰 꿈을 안고 스무 살에 서울로 상경한 동생의
뒷바라지에 보태어졌습니다. 주변에서 미련하다고들 했지만
장효윤 아나운서님은 제 심정 아시죠?

정신없이 일하고 사랑하며 빚을 갚아나가다 보니 캐피탈로
얼룩졌던 제 신용도 어느새 깨끗해지더군요. 아직도 기념으로 처음
발급한 신용카드를 간직하고 있습니다. 비싼 이자를 내고 계시던
부모님의 부채도 제 명의로 갈아타고 나니 부담이 꽤나 덜어졌고

지금 부모님은 1금융권에 주택 담보 대출만 남아있는 상태입니다.
저 장하죠? 하지만 제 명의의 부채가 줄어드는 속도는 너무나도
더디네요. ㅠ

그렇게 시간이 흐르다 보니 우리는 어느새 꽤 오랜 시간을
만난 연인이 되어 있었고, 주변에서 언제 결혼하냐고 묻는 시기에
다다랐습니다. 아내가 저보다 연하라 심적 여유가 있었지만 그런
아내가 이십 대의 끝자락에 다가갈수록 저는 책임질 수 없다면
하루라도 빨리 보내주어야 하나 하는 비겁한 고민에 빠졌습니다.

무일푼이라면 이 사람과 함께하고 싶었습니다. 근데 마이너스,
그것도 억대라면 너무 이기적이잖아요. 함께 있고 싶다는 이유로
내가 빠져 있는 수렁으로 사랑하는 사람을 끌어들이는 게 정말
참사랑일까요? 사실 이건 아직도 잘 모르겠습니다.

비겁하고 치열한 고민 끝에 이 사람을 보내주기로, 무례하게도
혼자 결정했습니다. 변명이고 포장입니다. 비겁하게 도망쳤습니다.
저만 포기하고 좀 힘들면 모두가, 아마도 시간이 지난 후에는
지금의 제 아내까지도 모두가 행복해질 거라고 혼자 망상에
공상을 거듭하면서요.

그 이후로 몇 번 연락이 왔었지만 독하게 받지 않았습니다. 몇 달이 흐른 뒤 제가 몸도 마음도 무너진 어떤 날 이었습니다. 아침부터 몸이 좋지 않았고, 그 때문인지는 몰라도 회사에서 입사 후 가장 큰 실수를 했습니다. 멘탈이 터져 나가고 온몸이 바들바들 떨리더군요. 실수해놓고 수습은커녕 도망치는 것 같아 조퇴도 할 수 없이 천만 년 같은 하루를 버티고 온 집에서 힘들다고 되뇌며 조용히 눈물을 훔쳤습니다.

작위적이게도 딱 그날 "잘 지내?" 하고 그녀의 연락이 왔습니다.

밑바닥이라고 생각했었던 감정에 지하실이 있더라고요. 저는 결코 잘 지내고 있지 못했으니까요. 속절없이 무너져 엉엉 울었습니다. 그리고는 뜬금없이 그녀에게 사과했습니다. '너'와 결혼하고 싶지 않은 게 아니다. '결혼'이 나는 무섭다. 마지막으로 나눴던 대화가 도돌이표를 찍으려던 때 아내가 말했습니다.

"꼭 그렇게 복잡하게 생각해야 돼? 나랑 있으면 좋아, 싫어?"
"좋아."

"그럼 나랑 살자"

제 아내지만 다시 봐도 걸크러시 터지는 거 같습니다. 저
한마디에 뻑이 가서 저도 결심했습니다. 이기적이라도 좋다. 본인이
괜찮다는데 불구덩이든 늪이든 같이 한번 가보자.

그렇게 일사천리로 재회와 결혼 준비가 이어졌고 2017년
저희는 결혼을 했습니다. 집은 제 돈 한 푼 없이 회사에서 빌려주는
소액의 전세 자금으로 아주 오래된 조그마한 아파트를 한 채
얻었고, 가족들과 친구들, 선후배들이 침대, 냉장고, 에어컨, 세탁기,
건조기, 제습기, 스타일러, 공기청정기, 빔 프로젝터, 하다못해
헤어드라이어까지 선물해주는 바람에 아내는 모아두었던 돈으로
제 차를 사주고 남은 돈은 빚 갚으라며 입금해 주었습니다.
사실 아내는 아직도 정확히 제 빚이 얼마인지, 심지어 제 연봉이
얼마인지도 잘 모릅니다. 난 너만 보고 결혼했다는 사실을
강조하려 일부러 외면한다는 게 정확한 표현일지도 모르겠습니다.

그렇게 결혼 준비 중 아내와 의견이 갈리는 부분이 있었습니다.
아내는 언니 동생이 있어 행복했다며 아이는 많을수록 좋다는
입장이었습니다. 또 다시 예상 가능하시겠지만 저는 사실 아이를

갖고 싶지 않았거든요. 갖고 싶지 않았다기보다는 적어도 경제적인 부분에 있어서는 좋은 남편이면서 동시에 좋은 아버지일 자신이 없었습니다.

결혼을 결심했을 때 이미 부모님과 동생에게 '나는 이제 좋은 남편이 되기로 결심했다, 아마도 앞으로는 전처럼 좋은 아들, 좋은 오빠일 수 없을 것이다. 이제 내가 정기적으로 지원했던 것들은 모두 사라질 것이다'라고 말했던 것처럼요. (물론 부모님과 동생은 당연하다, 지금껏 고마웠다며 저희 결혼을 축복해주셨습니다.) 그래서 대화 끝에 우선 3년간은 충분히 신혼을 즐기고 그 이후에 다시 의논해서 결정하기로 했습니다. 그때는 둘 중 한 명의 생각이 바뀌었을 수 있으니까요.

신기하게도 같은 날 양가 어머님께 전화가 왔습니다. 두 분 다 태몽을 꾸었다는 말씀이었습니다. 저희는 그럴 리가 없다며 극구 부인했습니다. 과학적으로 충분히 안전이 보장된 날만 함께했기 때문입니다. 심지어 전화가 온 그날 아내는 생리 중이었습니다. 그렇게 구체적으로 말씀드리지는 않았지만 아무튼 저희는 확실히 아니라고만 못박았습니다 저희 어머니께서는 이 꿈은 태몽이 확실하다며 미혼인 제 동생을 의심하시더군요.

그 꿈의 주인은 결국 저희였습니다. 작가님, 정자는 일반적으로 3일, 길면 일주일 정도까지도 살아 있다고 하는데 제 경험에 의하면 2주가량 살아 있는 애들도 있습니다. 조심하세요. 또한 임신을 해도 약간의 하혈이 있을 수 있습니다. 임신혈이라고 불리는 녀석인데요, 생리혈과 착각하기 쉽습니다. 저희처럼 모르셨던 분들은 주의하시기 바랍니다. 위 두 가지 이유로 저희는 아니라고 철석같이 믿고 있었습니다.

아무튼 한바탕 부인하고 처가에 방문했을 때 아내가 뜬금없이 딸기가 먹고 싶다고 하더군요. 평소에 뭘 먹고 싶다고 말하는 게 두 달에 한 번쯤 있는 사람인데, 그중에도 과일이 먹고 싶다고 한 건 처음 봤습니다. 오죽하면 장모님이 다 놀라시더군요. 그러더니 아무래도 이상하다며 딸기와 함께 임신 테스트기를 사 오셨습니다. 이왕 사 온 거 밑져야 본전이라는 생각에 해본 테스트에서 저희는 아들의 존재를 처음 지각했습니다. 물론 당연히 하나 더 사 와서 한 번 더 해봤습니다. 그렇게 저희 아들은 "딸기"라는 태명을 획득했습니다. 사실 딸을 바라는 마음도 1% 정도는 섞여 있었고요.

비록 간절히 아이를 바라고 있는 상황까지는 아니었지만 이 정도면 아이 본인의 의사로 우리를 선택한 거라고 생각할 만큼의 상황이었고, 어차피 안 하려고 했던 결혼도 했는데 인생 참 생각한 대로 안 된다고 느끼며 서프라이즈로 다가온 축복을 기쁘고 즐거운 마음으로 기다렸습니다. 무사히 시간이 흘러 아이는 작년 8월 31일 오전 4시 23분 처음으로 저희와 대면했습니다. 이름은 제가 직접 지어주었습니다.

그런 아들에게 청천벽력 같은 일이 일어났습니다. 산후조리원에 있던 기간에 회진을 하시던 선생님께서 사경이 의심되니 초음파 검사를 받아보라고 하시더군요. 그렇게 확진 판정을 받았습니다.

사경, 그 중에서도 세상이가 앓았던 선천성 사경은 흉쇄유돌근 안에 혈종이 생겨서 목이 항상 한쪽으로 기울어져 있는 것입니다. 간단히 말씀드리자면 한쪽으로 목이 기울어지고 반대쪽으로 턱이 돌아가는 증상입니다. 그러다 보면 자연히 얼굴이 비대칭으로 변형되고 목과 가슴 부위에 척추 측만증이 나타납니다. 신생아의 약 1~2%에서 발견된다고 하는데 아직 확실한 원인은 밝혀지지 않았습니다.

18시간을 분만실에서 저와 함께 울고 웃고 했던 아내는 그때부터 자책하기 시작했습니다. 본인이 임신 중에 너무 움직이지 않아서 아이가 한쪽으로만 있었나 보다, 본인이 힘을 주지 못해서 분만 시간이 너무 길어 아이에게 대미지가 간 것 같다부터 시작해서 했던 일, 먹었던 음식, 임신을 더 빨리 알아채지 못했던 것까지 모두 본인이 잘못한 일이었습니다.

안정을 취해야 할 조리원이 눈물에 떠내려갈 만큼 아내는 많이 울었습니다. 담담한 척하며 아내를 위로했지만 저 역시 아이를 반대한 나에게 하늘이 벌을 주는가 싶어 출근하고 화장실에서 참 많이도 울었습니다. 일찍 발견해서 그나마 다행이라고 말씀들 해주셨지만, 물리치료로 나아지지 않으면 그 작은 아이가 수술을 받아야 할 수도 있고, 어쩜 평생 장애를 안고 살아야 할지도 모른다는 건 너무 무서웠습니다.

신생아 물리치료는 기본적으로 대학병원 급에 가야만 할 수 있습니다. 거기서도 신생아나 유아를 전문으로 하는 물리치료 선생님들께만 받아야 하는데 그 수가 많지 않아 매일매일 해도 모자라게만 느껴지는 치료를 일주일에 두 번 받을 수 있으면 다행이고, 혹여 누가 취소라도 한다면 10분 안에 달려올 수 있으니 꼭 연락 주시라고 부탁드리며 치료를 시작했습니다.

그때부터 신생아 사경 관련 카페에 가입하고, 유튜브 동영상을 찾아보며 공부를 시작했습니다. 우리나라에서 신생아 사경 치료에 가장 권위자인 선생님이 계신 아주대병원 근처 달방을 알아보기도 했습니다. 결국 가장 중요한 건 집에서 하는 자가 치료였습니다. 하루에 몇 번씩 매일매일 할 수 있으니까요.

아내는 아이 앞에서는 참 강했습니다. 돌아가지 않는 목을 억지로 반대쪽으로 돌리니 아이는 울었습니다. 그때 아내도 운다면 아이는 더 크게 울 테고 어쩌면 트라우마가 생길지도 모르죠. 아이가 아무리 울어도 아내는 울지 않고 꿋꿋이 아이의 목을 돌렸습니다. 그렇게 저와 교대하고 나면 방에 들어가 이불을 뒤집어쓰고 오열하는 소리가 어렴풋이 들렸습니다. 저는 아내보다 약했습니다. 소리만 내지 않을 수 있었을 뿐 얼굴은 온통 눈물범벅이었습니다.

그렇게 몇 달간 편치 않았을 시어머니의 차를 얻어 타며 아이와 아내는 치료를 계속했습니다. 이제는 가끔씩 반대쪽으로 목을 돌리고 잠이 들 정도로 눈에 띄게 호전된 아이의 상태를 볼 때쯤, 다니던 병원에서 파업에 이은 직장 폐쇄가 진행됐습니다. 이대로만 가면 될 것 같았는데 힘이 쭉 빠지더군요. 더더욱 자가 물리치료에 집착하게 됐습니다. 아이가 크면 클수록 목에 힘이 생겨 반항하는 힘이 커져서 날이 갈수록 더 어려워져만 갔습니다.

파업이 끝나고 방문한 병원에서도 이 정도 속도라면 수술도 필요 없고 완치 판정도 곧 가능할 것 같다며 아내를 칭찬했습니다. 아직 저희 아이는 완치 판정을 받지 못했습니다. 그 빌어먹을 코로나19 때문입니다. 저희보다 더더욱 힘들 분들 앞에서 엄살 떠는 것 같아 말씀드리기 죄송하지만 오히려 저희가 아이를 데리고 병원을 못 가겠더라고요. 의사 선생님과 통화 후 눈에 띄는 이상 징후가 없다면 조금 더 사태가 안정이 된 후에 오는 게 좋겠다고 하셔서 따르고 있습니다.

그런 우리 아들이 이번 달 29일 돌잔치를 합니다. 31일이 생일이지만 더 많은 식구들이 모일 수 있는 주말에 다 같이 만나기로 했습니다. 이런 세상이에게 생일 축하한다고, 너를 정말 사랑한다고, 와줘서 고맙다고, 엄마는 이런 사람이라고 말해주고 싶습니다.

주저리주저리 쓰다 보니 말도 안 되게 길어졌네요. 좋은 셰프이신 만큼 좋은 재료들만 추려내서 훌륭한 음식을 만들어내실

거라고 믿습니다. 소재로 쓰일 수 있는 에피소드들을 몇 가지
적어보겠습니다.

제게는 생애 첫 해외여행, 아내에게는 처음으로 저와 함께하는
해외여행을 갔을 때 해외여행 경험이 없던 저를 위해 아내가
대부분의 일 처리를 했는데 항공권 발매 시 본인 영어 성명에
오타를 냈다는 사실을 알았습니다. 항공사에서는 원한다면 보내줄
순 있으나 국내로 복귀 여부는 장담하지 못한다며 알아서 하라고
하더군요. 첫 여행을 망칠 수 없다며 강행한 아내는 처음에는
잘 놀더니 복귀 전날 많이 걱정했습니다. 리조트에 해당 사항을
문의하니 현지인이 잘 설명해주면 충분히 가능하니 귀국할 때
직원을 동행시켜주겠다며 걱정 말라고 하더군요. 그날 밤 아내는
한글로 장문의 편지를 써 팁과 함께 봉투에 넣어 인포메이션
직원과 동행하는 직원에게 전달했습니다. 제 눈엔 참 예뻐
보였습니다.

이제 아들이 태어난 지 일 년이 다 되어갑니다. 아이에게
세상은 늘 새롭고 신기하고 즐거운 곳처럼 보이는 것 같아 참
다행입니다. 저희가 부모로 다시 태어난 지 일 년이 다 되어갑니다.
저희에게 일 년간의 세상은 아이가 다칠까 혹여 열이 날까 두렵고

무섭고 겁이 나는 곳이었습니다.

아들은 복덩이입니다. 회사에서 빌려준 자금은 기한이 정해져
있어 새로운 보금자리를 구해야만 하는데, 아들이 태어나 가구원이
늘어 아파트 청약 자격을 얻을 수 있었고, 첫 청약에서 신혼부부
특별공급으로 당첨이 되어 내후년에는 깨끗한 새 집으로 이사를
가게 됩니다.

아들은 똥을 참 잘 쌉니다. 이게 얼마나 큰 복인지 들어는
보셨을 거라 생각합니다. 안 먹고 안 자고 못 싸는 아이들도 정말
많은데 세상이는 하루에 다섯 번씩 쌀 때도 있습니다. '아들아
아빠가 기저귀 값 열심히 벌고 있어. 많이 먹고 많이 싸렴.'

아들은 잘 울지 않습니다. 낯을 가리지 않아서 아무에게나 잘
안기고, 배가 고파서 우는 걸 제외하면 울음소리를 들을 일이 거의
없습니다. 간혹 비슷한 또래의 아이를 키우는 친구 집에 방문하고
돌아오면 우리 아이가 얼마나 사랑스러운지 모릅니다.

아내는 센스쟁이입니다. 시아버지가 앞으로 오랫동안 다녀야
할 치과, 시할머니가 입원해 있는 요양병원에 방문할 때 꼭

근무하시는 분들의 음료와 다과를 챙겨 가서 이제는 먼저 인사를
받는 사이가 된 디테일의 요정입니다. 지금 살고 있는 아파트의
경비원분들께는 우리 아파트 최고의 새댁이라는 특급 칭찬도
받았습니다.

아내는 아이에 관한 한 초능력자입니다. 1년 남짓한 시간
동안 아이의 모든 똥과 오줌의 냄새를 맡았습니다. 어느 날은
제게 아이의 오줌 냄새가 평소와 다르다며 걱정을 하길래 저도
맡아보았습니다. 별 차이를 못 느껴 체온을 재봤는데 평소와 같아
걱정 말라고만 했는데 혼자 인터넷 검색을 하더니 무작정 근처
병원으로 아이와 저를 이끌고 가더군요. 의사 선생님께 아이 오줌
냄새가 이상하다고 하니 갸우뚱하시며 일단은 검사를 해보자고
하시더니 염증 수치가 높다고 입원을 시키시더군요. 제 눈에는 그
어떤 히어로보다도 대단한 영웅입니다.

아내는 명품을 잘 모릅니다. 저에게 선물할 지갑을 고르러 간
백화점 매장이 벽이 없고 브랜드별로 나눠져 있지 않은 형태였나
봅니다. 펜디 로고가 박힌 지갑을 저에게 선물로 주며 '우리 오빠도
이제 프라다 들고 다니는 남자'라며 우쭐해하더군요. 사실 저도
친구들에게 프라다 받았다고 자랑하다가 펜디라는 브랜드를 처음

알게 되었습니다.

아내는 시어머니에게 딸보다 더 친한 친구입니다. 서울로
올라간 지 십 년이 훌쩍 넘고 자리 잡느라, 연애하고 결혼까지
하느라 서울에 터를 잡고 명절 때나 볼 수 있는 딸보다는, 손자의
통원을 위해 매주 만나던 며느리가 이제는 시시콜콜한 수다로
매일매일 통화할 만큼 친한 친구가 되었습니다.

아내는 의심이 없는 사람입니다. 프러포즈를 위해서 서울에서
살던 제 동생이 결혼 전에 언니를 보고 싶고 지금은 매제가 된
자기 남자친구를 소개시켜주고 싶다며 왕복 교통편과 숙소를
제공한다고 했을 때 다른 사람이라면 눈치챘을지도 모릅니다. 넷이
만나서 저녁을 함께 먹고 저와 아내 둘이서 간단히 쇼핑을 한 뒤
동생과 매제의 도움으로 세팅이 된 숙소에 도착했을 때, 정말로
아무것도 모르던 채로 감동받아 펑펑 울던 아내의 표정이 아직도
생생히 기억이 납니다.

아내는 멋있습니다. 걸크러시 한 방으로 제가 넘어갔을
때도 멋졌지만, 그나마 제 유일한 장점이라고 할 수 있던 직장을
그만두고 제 일을 해보고 싶다던 철없던 저에게 '그러면 결혼

전까지만 다니면서 준비하고 혼인신고 하고 나면 우리 집에서도 어떻게 못 할 테니 오빠 뜻대로 하라'고 말해준 사람. 이 사람과 결혼하길 참 잘했다는 생각이 들게 할 만큼 아내는 멋있습니다.

아내는 제 친구들 모두가 부러워하는 배우자입니다. 직장에서 제 별명은 '신데렐라'입니다. 타지에 시집와서 아이와 저만 바라보고 있는 아내를 위해서 최대한 빠른 퇴근을 추구하고, 야근할 것 같으면 점심을 굶고 일을 하며 음주 및 회식을 자제합니다. MSG 조금 포함하면 진급에 지장이 갈 만큼 빼는 편입니다. 결혼 전 사회생활을 했던 아내는 이게 얼마나 힘든 일인지 알아주고 고마워합니다. 주말에는 술도 안 마시는 본인이 직접 제 술상을 봐주고 옆에 앉아 다 먹을 때까지 잔을 채워주고 안주를 직접 먹여주며 도란도란 이야기를 나눕니다. 그러니 제가 평소에 잘할 수밖에요.

아내는 참 예쁩니다. 객관적으로 봐도 예쁩니다. 173의 훤칠한 키에 또래들은 부러워하고 어른들은 걱정할 만큼 날씬한 몸매에 얼굴도 예쁩니다. 핵심은 그 예쁜 외모보다도 마음이 더 예쁘다는 것이지만요. 제 인생 최대의 자랑이자 업적인 아내와 아이 사진도 첨부하겠습니다.

작가님, 의식의 흐름대로 쓰다 보니 끝도 없이 길어지는 것 같아 이만 적고 몇 가지만 부탁드리겠습니다.

우선 제 입장에서 사연을 작성하다 보니 제 이야기가 많지만 편지는 철저히 아내에게 포커스가 맞춰져 있었으면 좋겠습니다.

그리고 저희가 처음에는 온라인 게임으로 만났다는 점, 현재 살고 있는 집의 보증금에 제 지분은 없다는 점, 아직도 빚이 많이 남았다는 점, 예전에는 부모님과 동생에게 정기적인 후원을 해왔다는 점 등은 저희 식구들 입장에서는 미안해할 일이고, 무엇보다 사위가 단순히 경제적으로 넉넉한 편은 아니다 정도로만 알고 계실 장인 장모님께 그리 유쾌할 수 있는 애기는 아닐 테니 편지에서는 배제해주시거나 구체적이지 않게 넉넉하게 돌려서 언급해주셨으면 합니다. 비슷한 이유로 혹시라도 제가 누군지 알 것 같더라도 모른 척해주길 청취자분들께 말씀해 주셨으면 합니다.

물론 편지에서만 배제해주셨으면 하는 것이고 방송에서는 얼마든지 말씀하셔도 됩니다. 오히려 쓸데없는 내용이 너무 많아 추려서 하셔야겠지만요.

특정성을 없애고자 나름 노력했지만 혹시 보인다면 그 부분 역시 작가님의 솜씨로 티 나지 않게 손봐주시면 더더욱 감사하겠습니다.

부탁드리는 입장에서 요구사항이 많아 죄송스럽지만 그만한 능력이 충분함을 알기에 감히 요청드립니다.

PS. 최대한 자유롭게 작가님 마음대로 써주세요. 독창적이고 번뜩이는 비유가 있는 작가님 문장도 휴머니즘도 코믹도 심지어 공문까지 넘나드는 장르도 다 좋아하는 팬입니다. 분량 또한 작가님 마음이지만 만약 제게 고르라시면 많을수록 좋습니다. 아내는 성의를 양으로 측정하는 걸 즐기는 사람이라서 요리도 3~4인분쯤 하고 본인은 0.5인분쯤 먹고는 제가 남기면 맛이 없나 걱정하거든요. 물론 짧으면 그건 그거대로 좋으니 부담 없이 즐겁게 써주셨으면 좋겠습니다.

다시 한 번 진심으로 감사드립니다. 얼마 전에 말씀하셨듯이 하고 싶은 일만 하시면서 지낼 수 있는 날이 최대한 빨리 작가님께 찾아오기를 기원하겠습니다. 감사합니다.

~~~~~

  이 분의 사연은 몇 가지 사항을 제외하곤 그대로
공개해두었다. 이토록 긴 사연과 이토록 놀라운 결혼
과정과 이토록 디테일한 이야기라니. 아래에는 내가
쓴 편지가 이어지겠지만, 그건 이미 원래 있던 사실을
그저 축약한 것일 뿐이다. 다시 말하지만, 나는 감정의
가이드라인을 받은 조각가일 뿐이다.

여보, 세상이가 우리와 함께 봄과 여름, 가을과

그리고 겨울까지 1년을 함께했어. 세상이를 볼 때면

너무 감사하면서도 어머님들이 같은 날 태몽을 꿨던

것이 아직도 기억이 나. 어떻게 한날 한시에 어머니와

장모님이 동시에 세상이가 우리 곁에 왔다는 것을 알

수 있었을까? 우리가 너무 완강하게 아니라고 했더니,

결혼도 안 한 동생이 의심받아서 괜시리 미안했던 것도

기억이 나네.

여보 다 기억나지? 평생 먹고 싶은 게 있다고 말하지

않던 사람이 딸기를 먹고 싶다고 말해서 장모님도

놀라셨던 것 말이야. 그렇게 딸기와 임신 테스트기를

같이 사 왔던 날, 우리는 어머니 두 분의 꿈이 태몽이

맞았다는 것을 확인했어. 신기하기도 하면서 큰 축복을

받은 날이었어.

난, 이 모든 것이 당신의 용기와 사랑 덕분이었다고

생각해. 사실 아직도 나는 당신을 처음 만난 날을

또렷하게 기억하고 있어. 게임을 한답시고 PC방에

후줄근하게 입고 나갔던 나와는 달리 샤랄라한 원피스를 입고 딱 등장했던 그 모습을 절대 잊지 못해. 가상 세계인 온라인 게임처럼 내겐 비현실적인 모습으로 다가왔고, 처음부터 마음을 다 뺏겼지만 변변한 직장조차 하나 없었던 나는 바로 용기를 낼 수 없었어.

처음부터 이어질 인연이었는지, 난 다행히도 원하던 회사에 들어갔고, 그래도 PC방만 다니던 시절보다는 용기가 많이 생겼나 봐. 신입 사원 연수를 끝내던 날, 곧바로 고백을 했어. 누군가는 마음만으로 다가갈 수 있다고 생각할지 모르지만, 나는 너를 지키고, 네가 원하는 것 하게 해주고, 먹고 싶은 것 먹게 해주고, 가고 싶은 곳을 같이 가려면 월급 정도는 따박따박 받을 수 있어야 한다고 생각했거든.

그렇게 우리는 10년을 만났어. 연애로만. 물론 지금 생각해보면 참 바보 같은 선택을 했던 날도 기억 나. 10년을 만나며 한두 번 싸웠을까? 마음씨 좋은 당신을 만나서 싸울 일도 별로 없었는데, 그놈의 결혼이라는 것의 중압감이 무엇인지, 당신을 사랑하는 마음과는

무관하게 그 속박에서 도망치고 싶었나 봐. 무작정

연락을 끊고, 당신과 상의조차 한 번 제대로 하지 않고 난

결혼이 무서워 피해버렸어. 벌을 받은 것인지 무엇인지

그렇게 모질게 떠난 시간 동안 내 인생에 제대로 된 것이

하나 없었어. 회사 일도 그렇고, 떠나기는 먼저 떠나놓고

당신 없이 얼마나 힘이 들던지. 일도 사랑도. 그리고

앞으로 당신 없이 누군가를 만날 수나 있을까. 왜 나는

그런 바보 같은 선택을 했을까 하며 혼자 집에서 펑펑

울고 있던 날, 당신이 다시 연락을 해줬어. 잘 지내냐고.

　　그 잘 지내냐는 별것 아닌 말이, 또 어쩌나 서럽고

미안한지. 마음은 그저 반갑고 당장이라도 달려가서

미안하다고, 내 마음은 그런 것이 아니었다고 말하고

무릎 꿇고 사과라도 하고 싶었어. 난 정말 잘 지내지

못했거든. 정말 잘 지낼 수가 없었어. 그런데도 그 말도

쉽게 하지 못했어. 정작 나보다 더 잘 지내지 못한 것은,

어쩌면 당신이었을 테니까. 그렇게 오래 만나고도

결혼에 대한 깊은 이야기도 나누지 못했고, 툭 터놓고

이야기하면 되었을 일을 굳이 일을 어렵게 만든 내가,

당신한테 너무 미안했으니까. 이렇게 다시 예전에 했던

ㅍ말을 다시 하고, 끝이 없는 자기변명이 이어질 때쯤,

당신이 해줬던 말이 나는 아직도 기억에 남아.

"꼭 그렇게 복잡하게 생각해야 돼?"

"나랑 있으면 좋아, 싫어?"

"그럼 나랑 살자"

그래, 그냥 같이 사는 건데, 그동안도 같이

살아왔었는데, 꼭 한집이 아니라도 우리의 인생은 함께

걸어왔었는데, 왜 난 그렇게 생각하지 못했을까. 왜 난

당신처럼 용기 내지 못했을까. 그리고 이 간단한 답변을

말하기까지 당신의 마음은 얼마나 답답하고 힘들었을까.

그리고 그동안 날 얼마나 미운 사랑의 감정으로 원망하고

있었을까.

돌이켜보면, 내 인생은 당신을 만나고 나서부터 모든

것이 제대로 시작된 것 같아. 일도 사랑도 그리고 2019년

8월 31일 오전 4시 23분 우리 곁을 찾아와준 아들까지.

여보, 내 인생에 당신이 없었다면 어땠을까. 당신이

같이 살자고 먼저 말해주지 않았다면 어땠을까. 내 모든 것과 내 인생의 모든 기쁨은 행복은 당신과 함께하며 비로소 시작되었고, 완성이 되어가고 있다는 느낌을 받아. 누군가는 결혼 생활이 알던 사람과 살아서, 그렇게 서로가 너무 잘 알아서 궁금한 것이 없다고 하지만, 난 전혀 그렇지 않아. 오히려 우리의 미래가 어떻게 될지, 얼마나 더 사랑하고 행복할지 더 기대가 되고 궁금해.

이쯤 되면 사랑한다는 말보다 고맙다는 말을 더 많이 하고 싶은데, 그 말마저도 미안하고 조심스러워서 어떻게 말을 시작해야 할지 모르겠어, 여보.

항상 하고 싶은 말이 있어도 혼자 감내하거나 내가 부담 갖지 않도록 스스로 해결하려는 당신의 모습을 보며, 어떻게 하면 당신에게 조금이나마 더 도움이 되는 남편이 될 수 있을지 더 고민하고 노력할게. 항상 나와 함께해줘서 고마워.

오늘은 세상이의 돌잔치이지만, 난 그래도 당신에게 이렇게 마음을 더 표현하고 싶었어. 세상이도 당신이

노력하는 만큼 아주 천천히라도 우리의 얼굴을 똑바로

바라보며 웃어줄 거야.

세상이와의 1년,

당신과의 13년,

우리, 우리 가족 더 행복하게 살자.

여보, 사랑해

~~~~~

편지를 전달했다.

~~~~~

창석 : 편지가 마음에 드셨으면 좋겠어요.

사연자 : 네 작가님 정말로, 아주 마음에 들어요.
제가 원했던, 하고 싶었던 이야기를 구체적으로 해주셨어요.
듣는 아내보다 읽는 제가 울컥할까 봐 벌써 걱정이네요. 손편지로
옮겨 적을까 고민했는데 작가님이 써주신 혹은 제가 느낀 뉘앙스를
그대로 전하고 싶어 불 꺼진 방에서 홀로 들으라며 전화로 읽어줄
생각입니다.
좋은 편지 감사합니다!!!!!

~~~~~

불 꺼진 방에서 전화로 읽어준다니!

그동안 내가 쓴 편지를 직접 읽어준 사람도 있었고,
자필로 편지를 써서 전달한 사람도 있었고, 방송을
그대로 들려준 사람도 있었지만, 불 꺼진 방에서 전화로

읽어준다라... 이토록 로맨틱할 수가 있을까.

~~~~~~~~~

어제는 피곤했는지 아이도 와이프도 일찍 곯아떨어져서 오늘 저녁 아이를 재우고 아내에게 전화로 편지를 읽어주었습니다.

아내는 울었습니다. 앞에 세워놓고 읽어줬다면 너무 많이 울었을 것 같다면서 전화로 읽어줘서 고맙다고 하네요. 편지 덕분에 옛날 일들을 한참 이야기했네요. 본인도 그 타이밍에 저한테 연락했다는 게 참 신기하다고 하더라고요. 신입 연수 끝나고도 고백을 안 하면 어쩌나 고민했다는 얘기는 오늘 처음 들었습니다. 편지를 쭉 듣고 있다 보니 만날 사람은 만난다는 말처럼 우리는 정말 운명이었던 것 같다고 좋아하네요.

와이프님께서 말씀하시길 지금의 본인은 한 남자의 아내이자 한 아이의 엄마로 완성된 나비 같은 존재랍니다. 근데 애벌레일 때부터 자기의 곁을 지켜주고, 지켜봐주고, 좋아해주는 사람이 있어서, 그 사람과 끝까지 갈 수 있어서 행복하다고 하시네요.

너무 좋아해서 작가님이 써주신 편지라는 건 앞으로 걸리기 전까진 쭉 숨겨볼 예정입니다. 혹시 걸리면 그때 다시 후기 올리겠습니다.

다시 한 번 저희 부부에게 아름다운 추억 하나를 만들어주신 것 고개 숙여 감사드립니다. 늘 건강하시고 행복하시길 진심으로 바라겠습니다. 안전운전 하셔요!

～～～～

난 아직 결혼하진 않았지만 가끔은 아내에게 편지를 전해주는, 가끔은 그 편지를 불 꺼진 방에서 전화로 읽어주는 남편이 되고 싶다는 다짐을 해본다.

추천사 3

손문선

마지막으로 편지를 써본 게 언제인지 기억이
가물가물합니다. 말로도 다 표현하기 어려운 마음을
글로 써 내려가는 건 결코 쉬운 일이 아니니까요.
그래서 처음 '대신 써 드립니다'를 기획한다고 했을 때는
반신반의했던 것 같습니다. 하지만 사연 보내주신 한 분
한 분의 이야기가 오창석 작가의 감성과 필력으로 다시
태어났을 때, 저희 <수해복구> 멤버들을 비롯해 많은
분들이 함께 울고 웃을 수 있었습니다.

코너를 함께 하며, 오창석 작가가 각각의 사연들에
얼마나 관심과 애정을 쏟는지를 볼 수 있었고
매번 감탄했습니다. 누군가의 마음을 어떤 그릇에
담아내는지도 중요하지만, 이렇게 애정을 갖고
바라보아야 하는구나, 새삼 깨닫기도 했고요.

바쁘다는 핑계로 '편지'라는 걸 잊고 살던 우리에게

그 소중함을 다시 알려준 시간들이 이렇게 책으로 나오게
되어 기쁩니다. 이 책을 읽으신 분들이 책을 덮고 나서
편지로 누군가에게 마음을 전해보고 싶은 기분이 든다면
더더욱 좋을 것 같습니다.

열 번째 편지
너도 내 마음은 느낄 수 있지?

편지가 도착했다. 편지를 써도 전달이 되었는지
확인하기 어려운 편지다. 편지를 써주면 백이면 백,
그래도 지금까진 모두 전달이 되었다. 사연자가 전달하고
싶은 사람들에게 모두. 그런데 이번엔 전달되기 어려운
사연이 왔다. 전달은 할 수 있지만, 전달되길 간절히
바라야 하는 그런 묘한 상황.

반려동물 천만 시대다. 반려동물은 이제 우리의
동반자이자 가족이다. 이번엔 그 '가족'에게 편지를 쓰고
싶다며 사연을 보내주셨다.

저는 초등학교 동창과 스물아홉에 결혼해서 아이 없이 강아지들과 네 식구가 살고 있습니다. 행복이는 2011년 스물일곱 취업 직후에 데리고 왔어요. (2011년엔 저에게 참 많은 일이 있었네요. 취업을 했고, 졸업을 했고, 행복이를 만났고, 7년간의 연애가 끝났고, 지금의 와이프와 사귀게 되었어요.)

시골에서 외할머니가 키우던 강아지가 새끼를 낳았는데 갑자기 할머니께서 입원을 하시게 되는 바람에 근처에 사시는 삼촌이 일주일 한 번 가서 밥 주는 게 전부라길래 안쓰러운 마음에 데리고 오게 되었어요. (어미 개는 정화조에 빠져 죽어 있었고, 행복이를 데려온 이후 다른 형제들도 모두 데려와 주변에 입양을 보냈습니다.) 그렇게 3년 정도 어머니 집에서 같이 살다가 제가 지금의 아내와 동거를 시작하였고, 이어 결혼을 하게 되었어요.

살던 곳이 원룸이고 주인께서 동물 키우는 걸 반대하셔서 행복이는 데려오지 못했고 3년 후 다른 곳으로 이사하면서 다시 데려오게 되었습니다 떨어져 살던 그 시기에 행복이가 절 많이 미워하는 것 같았습니다. ㅠㅠ 이후 2년 전쯤 와이프가 유기견 정보 어플을 통해 봄이라는 아이를 보게 되었는데 눈에 밟혀 많은 고민이 있었지만 결국 데려오게 되었고, 적응 기간을 거쳐 결과적으로 현재 네 식구가 아주 오손도손 화목하게 잘 살고 있습니다.

어떻게 글을 써야 할지 몰라 그냥 편지처럼 써보겠습니다 글을 어릴 때부터 멀리해서…. 손흥민앞에서 드리블 한다면 이런 기분일까요? 창피하네요.

~~~~~~

여느 때와는 달리, 멤버들에게 누구에게 쓰는 편지라고 말하지 않고 준비해 갔다. 편지 내용을 들으면, 어떤 말을 하고 싶은지 누가 편지를 받게 될지 다 알게 될테니까.

다만, 반려동물을 키우지 않는 분들이 얼마나 공감을 해줄지 걱정이었다. 조심스레, 편지를 써 내려갔다.

~~~~~

행복이 뭔지 알려준 행복이에게

행복아 안녕? 새삼 매일 보다가 갑자기 편지를
쓰려니 괜히 쑥스러워지네. 딱히 서로의 감정을 숨길
필요도 없고, 그리고 숨긴 적도 없는데 고맙다, 좋다,
나와 함께해줘서 고맙다는 말을 하는 게 멋쩍어져.
그래도 내가 이런 말을 할 때, 넌 다 알아주고 같이 기쁜
것 맞지?

인연이라는 게 참 신기한 것 같아. 2011년이었어.
지금으로부터 10년 전에 처음 만났을 때, 운명같은
느낌이랄까? 그런 기분이 들었어. 갑작스럽게
외할머니가 병원에 입원했고, 우린 거기서 처음
만났잖아. 난 처음 봤을 때부터 너와 함께할 것이라는
것을 알고 있었나 봐. 너를 만나고 난 취업을 했고,
대학을 졸업했고, 결혼까지…. 이 모든 순간에 네가
있었고, 네가 아니었다면 이 과정들이 내 인생에
일어났을까 하는 생각마저 들어.

사실 나는 많은 준비가 되어 있지 않았어. 무턱대고 너에 이끌려 함께하기 시작했지만 나 역시 막 사회생활을 시작하는 터였고 야근에, 새벽 퇴근에, 가끔 있는 회사 회식, 그리고 월급까지 적었던 때라 솔직히 나는 정신적으로도, 금전적으로도 여유가 없었어. 그래서 네가 아플 때도 가끔은... 병원에 데려가는 것도 망설였어. 이거 정말 미안해. 지금도 반성하며 살아가고 있어.

한 번도 싫은 표정이나 행동 없이 따라준 너. 이제 내가 조금 여유가 생겨서 더 잘해주고 내 몸보다 너를 더 챙길 수 있는 시간이 되었는데, 왜 너의 시간만이 더 빠르게 지나가게 된 것일까?

아직도 하루 종일 내가 돌아오기만을 기다리면서 작은 소리에도 반응해 먼저 현관 앞으로 다가와 있는 너를 보면서 난 모든 피로와 힘든 것들을 이겨내곤 해. 넌 내게 그런 존재야.

행복아, 네가 말을 할 수 있다면 얼마나 좋을까?

거창한 대화까진 아니더라도 적어도 "나 아파."라는
한마디만이라도 할 수 있다면 내가 얼마나 안심일까?

 사람은 10년이면 이제 다 키웠다 생각을 하는데,
왜 강아지는 10년이면 어떤 마음의 준비를 해야 하는
것일까? 인정하고 싶지는 않지만 아직도 힘이 넘치는
네가 노견이라는 것을 받아들여야 하나 봐. 힘이 넘치는
것도 어쩌면 나의 시선과 나의 바람일지도 몰라.

 요즘은 내가 가진 수명을 다만 몇 년이건, 며칠이건
너에게 나눠주고 싶다는 생각을 많이 해. 왜 인생은 정작
내가 준비되었을 때 가장 소중한 존재와 멀어져야 하는
감정을 느끼게 할까? 행복아 우리도 언젠가는 헤어질
수도 있겠지? 네가 말을 하진 못해도, 너의 마지막
시선엔 반드시 내가 있었으면 좋겠고, 나를 주인이 아닌
그냥 정말 친오빠처럼 가족으로 느끼면서 살아왔으면
좋겠어.

 산책도 예전만큼 활기차지 못하더라도 건강을
위해 노력하자. 간식도 줄이고, 체중도 조절하고 늘

건강하도록, 정말 딱 하나 건강만이라도 지키도록 내가 더 노력할게. 돈 많이 벌어서 멀리 가지 않더라도 마당이 있는 집으로 갈 수 있도록 나도 노력할게.

몇 번 이사하면서도 별 탈 없이 잘 적응해준 행복아! 늘 날 따라 친구 집이며, 여행이며, 캠핑이며 함께해주는 행복아! 우리 앞으로도 오래오래 함께하자.

내 인생에 가장 소중한 존재가 되어줘서 고마워.

~~~~~~

　　장원이 형은 반려동물을 키우고 있기에, 아니나
다를까 깊이 공감해주었다. 본가에서는 강아지를
키우고, 팟캐스트 청취자들은 다 알고 있다시피 예전
녹음실에서는 반려묘 '아코'를 키우고 있다.

　　같이 녹음을 하는 종윤이 형은 예전에 키우던
강아지가 있었고, 아직까지 그 강아지의 유품을 가지고
있다고 말하며 공감해주었다.

　　문선이 누나와 효윤 누나도 반려동물을 키우고 있는
터라 우린 쉽게 이야기를 나눌 수 있었다.

　　이 편지를 준비하면서, 조금 더 전문적인 지식을 위해
전문가에게 자문도 구해보고, 유튜브와 블로그, 인터넷
기사도 뒤져보았다. 그리고 그로부터 얻은 반려견,
그리고 노령견과 사는 견주를 위한 몇 가지 정보까지
정리해서 전달했다.

　　첫째, 아픈 곳이 없어도 사료를 남기거나 먹는 양이

줄어든다면 노화에 의해 음식에 대한 관심이 사라졌거나
맛의 취향이 변한 것일 수 있다.

둘째, 딱딱한 것을 먹지 못하면 이빨이 아파서 그런
것일 수도 있다.

셋째, 어두운 곳에서 움직이는 것을 두려워하거나
꺼리면 백내장을 의심해야 한다.

다시 말하지만, 반려동물은 '가족'이다. 소중한
가족이라면 소중한 것을 지키려는 노력도 해야 한다고
주제넘게나마 전하고 싶었다. 나보다 더 잘 알고
계셨겠지만.

사연자로부터 답장이 왔다.

~~~~~

창석 씨 너무 감동적이네요. 역시~ 완전 진심 담아서 진지하게
써주신 게 고스란히 느껴졌어요. 너무 감사해요. 와이프도 나중에
들려줄게요! 방송은 하루 종일 앉아서 일하는 제게 유일한
즐거움입니다. 시사 쪽은 유시민, 노회찬 님 방송만 듣다가

또래의 창석 씨 방송을 우연히 듣게 되었고, 듣다 보니 창석 씨의
여러 도전이 존경스러웠고, 똑똑함에 감탄하고 의외의 허술함에
마음이 가서 응원하게 되었어요. 뭐랄까 진짜 내 편? 반장 같은
느낌이랄까? 댓글에 숨어서 욕하는 사람들 때문에 스트레스
받지 마시고, 주눅 들지 마시고 멘탈 관리 꼭 잘 해주세요.
얼굴을 드러내고 하는 일이 쉽지 않잖아요. 앞으로도 항상
응원하겠습니다. 이 시기가 잘 지나가고 공개방송 같은 기회가
생기면 꼭 참석할게요!

~~~~~~

사연자도 처음부터 이 편지가 반려견 '행복이'에게
정확하게 전달되지 않을 수도 있다는 것을 알고 있었다.
하지만 이런 고마운 답장을 주셨다는 것에 대해 내가 더
감사했다.

며칠 뒤, 후기가 한 장 더 도착했다.

~~~~~~

저녁 식사에 소주 한잔 하면서 행복이랑 와이프에게
들려줬어요. 와이프는 역시 울어요. ㅎㅎ 와이프도 앞으로

팟캐스트 듣겠다고 하네요. ㅎㅎ

행복이는 들은 건지 만 건지…. ㅋㅋ 주말 잘 보내세요!

~~~~~~~

후기와 함께 행복이 사진도 보내주셨다. 행복이 보였다.

행복이었다.

열한 번째 편지
엄마가 우리 곁을 떠난 뒤

편지가 도착했다. 쓸까 말까 한참을 고민했던
편지였다.

사연이 도착하고, 내가 편지를 쓰고, 그 편지를 다시
사연자가 들려주고 싶은 사람에게 보내고. 그렇게 내
편지들은 대부분, '눈물'로 이어졌다. 이 결과가 좋은
것인지 나쁜 것인지는 모르겠지만, 대부분 사연자들이
만족해하셨기 때문에 나도 대체로 뿌듯함을 느낄 수
있었다.

하지만, 감정이란 것은 그렇게 쉽게 털어낼 수 있는
것이 아니었다. 기쁜 마음으로 쓴 편지로도 눈물이

날 때가 있었다. 가슴 아픈 것을 예상하며 쓴 편지는
어김없이 날 오열하게 만들었다.

그래, 나는 편지를 쓰며 많이 울었다. 내가 내 글에
감동해서 자뻑으로 운 것이 아니라, 각자의 사연에,
그 가슴 아픔에 운 것이었고, 사연자의 진심에 울었던
것이다.

몇 번 편지를 쓸까 말까 고민하다가 접은 것도 있다고
방송에서 말할 때쯤, 이런 댓글을 보았다.

～～～～

제 경험이 정답이고 전부일 수는 없지만, '대신 써 드립니다'
코너에서 오창석 씨의 멘탈이 조금 걱정되네요.

누군가의 사연을 듣고 깊게 공감해서 그에 딱 맞는 맞춤옷
같은 편지를 쓴다는 것이 일견 좋은 취지의 아름다움이 있으나,
예쁘고 긍정적인 사연도 있지만 누군가의 절실함이나 슬픈 감정이
담긴 사연들이 차곡차곡 쌓여 오창석 씨에게 정신적인 대미지가

있지는 않을까 조금 걱정이 되네요.

감정 이입이 깊고 그것에서 쉽게 헤어 나오지 못하는 사람은 카운셀러로 적합하지 않다는 이야기를 들은 적이 있어요. 다른 사람의 마음의 상처를 치유해야 하는 카운셀러가 동일하거나 증폭되어 더 큰 상처를 받기 때문이라고 하네요.

오창석 씨의 정신 건강이 튼튼해서 그냥 청취자인 제 오지랖이었으면 좋겠네요. 그나마 사연에 바로바로 대응하는 것이 아니라 사연의 수위에 따라 완급 조절하는 것이 좋아 보이긴 합니다.

제가 쓴 글에 오해가 있을 듯해서 부연하자면

1. 청취자는 마음껏 사연을 보내세요. 그걸 자제하라는 이야기가 아닙니다.

2. '대신 써 드립니다' 코너를 없애라는 것이 아닙니다. 오창석 씨의 마음에 상처가 누적될 수 있지 않을까 청취자로서 걱정이 되어서 쓴 오지랖입니다.

~~~~~

공감.

누군가 내 감정에 대해 이렇게도 공감해준다는 것에
대해 또 한 번 깊은 감동을 받았다. 혼자 편지를 준비하며
수없이 울었던 시간들에 대해 조금이나마 보상받는
느낌마저 들었다. 다만, 이 댓글을 써주신 분의 아이디가
'니껀크드만'이라 감동의 끝에 빵 터짐이 있었다.

다시 힘이 났다. 조심스레 용기를 내서, 내가 손을
대기 어려웠던 사연도 다시 들추어 본다.

사연은 이러했다.

~~~~~

안녕하세요? 저는 저보다 두 살 많은 저희 친정 오빠에게
편지를 대신 써주셨으면 싶어서 오창석 작가의 '대신 써
드립니다'에 사연 보냅니다.

오빠와 저는 어릴 때에야 여느 현실 남매들과 다름없이

싸우기도 하고 서로 무관심하기도 했는데, 오히려 나이 들고 나서는 서로 대화도 잘 통하고(팟캐스트를 저에게 처음으로 알려줬던 것도 오빠였어요.) 커피숍에서나 혹은 전화로 2시간씩 수다도 떨 수 있는 사이좋은 남매의 모습이 되어 있었습니다.

오빠는 20대 젊은 시절에 사업을 시작했는데요, 대학원 입학을 앞둔 저의 명의로 캐피탈 여기저기에서 학자금 대출도 받아 그 돈으로 사업 투자를 하다가 잘못되어 저는 1년도 채 못 한 대학원 학업을 접고 취직을 해서 낮에는 직장에서 일하고, 밤에는 과외 수업을 하며 결혼할 때까지 20대 시절을 신용불량자가 되어 빚과의 전쟁으로 보냈어요.

오빠는 오빠대로 힘든 시간을 보낸 뒤 뒤늦게 공부를 해야겠다 마음먹고 30대의 나이에 고시 공부를 시작해서(사법고시는 아닙니다.) 1차는 합격했는데 2차는 떨어지고 등등…. 그렇게 30대의 많은 시간을 고시 공부 하며 보내다 목표를 바꿔 공무원 시험에 도전해서 늦은 나이에 결국 공무원이 되었습니다.

합격 소식을 들었을 때는 정말이지 뛸 듯이 기뻐서 눈물과 함께 '감사합니다' 소리가 입에서 절로 나왔어요. 합격 선물로 제가 오빠의 양복과 구두를 사주었던 날이 기억납니다. 함께 쇼핑을 하며 180 넘는 훤칠한 키에 운동으로 다져진 몸과 핸섬한 얼굴에 어떤 옷을 입혀도 태가 나는 오빠의 멋진 모습을 보며 마치 제가 엄마라도 된 듯 흐뭇했던 기억이 아직도 생생하네요.

오랜 시간 공부한답시고 형편도 좋지 않은 집안에서 장남 노릇도 제대로 못 하고 연로하신 부모님이 힘들게 일해 버신 돈 받아 쓰며, 또 동생에게 큰 짐 지웠다는 그 죄책감으로 그동안 얼마나 마음이 무겁고 힘들었을까를 생각하면 저의 힘들었던 시간들에 대한 원망보다는 오빠에 대한 안쓰러운 마음이 더 크게 들었습니다.

그리고 곧 결혼도 해서 그야말로 번듯하게 가정도 꾸리고 이제는 부모님께 효도하고 멋지게 장남 노릇 할 일만 남은 오빠를 보며 저도 덩달아 행복했습니다. 그런데 오빠가 결혼하고 얼마 지나지 않아 아빠가 암 말기 판정을 받으시고 아들, 며느리, 딸, 사위의 극진한 보살핌을 1년 남짓 받으시다가 하늘나라 가신 게 3년 전입니다. 그리고 오빠는 성격 차이로 짧은 결혼 생활에도 종지부를 찍게 되었습니다.

아빠를 보내고 홀로 남은 엄마는 혼자가 된 오빠와 작년부터 함께 살기 시작했고 오래도록 엄마를 너무 고생시켰다는 생각에 오빠는 엄마 모시고 지내며 효도도 극진히 했습니다. 워낙 오빠를 끔찍이 아끼시던 엄마였고 이혼까지 하게 된 아들이 더 안쓰러워서 엄마와 오빠는 서로에게 지극정성이었어요.

그러다 지난달, 폐렴기가 있던 엄마가 안 그래도 다니고 있던 대학병원에 주말 후로 예약해놨다며 동네 병원에서 항생제, 해열제 타다 드시며 버티시던 일요일 아침에 도저히 상태가 안 좋은 듯하여 오빠와 함께 응급실에 가서 입원하려고 준비 다 해서 병원에 도착하자마자… 심장이 멎었습니다. 엄마를 업고 가서 휠체어에 앉혀드리자마자 심장이 멎어버린 엄마의 모습을 본 오빠의 충격이 어땠을지 상상도 하기 힘듭니다.

급하게 소생실에서 심장을 다시 살렸지만 엄마는 여전히 의식이 없고 자가 호흡이 불가능하여 산소 호흡기를 달아야 했는데, 의사 말로는 일단 산소 호흡기를 달게 되면 다시 자가 호흡을 하게 될 확률이 낮다고 했답니다. 아마 패혈증 쇼크인 것 같다고. 가망이 없을 거라고….

연락을 받은 저도 울며불며 병원으로 달려갔고, 응급실에서 꼬박 밤을 새며 엄마 곁을 지켰습니다. 열은 40도에 육박하는데 혈압과 맥박이 약해서 얼음장처럼 차가운 엄마의 손발을 밤새 어루만지며 하염없이 눈물만 흘렸습니다.

차를 타고 병원에 올 때만 해도 차 안에서 오빠와 이야기도 나누셨다는데… 어쩜 저랑은 마지막 인사도 못 하고… 제 얼굴도 한 번 못 보시고… 그렇게 엄마는 응급실에 들어온 다음 날 낮에 돌아가셨습니다. 아빠 때는 1년여 정도 마음의 준비를 할 겨를이 있어서 그랬는지 옆에 엄마도 든든하게 계셔서 그랬는지 생각보단 담담하게 받아들이고 장례를 치렀는데, 엄마는 너무 갑작스럽게 가신 데다 아빠도 안 계시고 오빠마저 혼자라 그랬는지 더 쓸쓸하고 힘들었습니다.

돌아가시기 직전까지 함께 생활하던 오빠의 충격은 더했을 겁니다. 마지막 유언이 되어버린 엄마의 말씀도 병원 가는 차 안에서 오빠에게 아침에 냉장고에서 야채랑 과일 꺼내서 갈아 먹으라고 하신 얘기였어요. 항상 오빠 밥 해 먹이는 것이 가장 크고 가치 있는 일인 것처럼 엄마는 70보다 80에 더 가까운 연세에도 40 넘은 자식들은 주방에 얼씬도 못 하게 하고 손수 지지고 볶아서

상을 차려 주시고 설거지도 안 시키는 분이셨으니 눈만 뜨면 보게 될 주방이며 엄마 방이며... 집안 곳곳이 엄마의 흔적으로 가득할 텐데 오빠의 마음이 어떨지 가늠하기조차 어렵습니다. 철이 제대로 들었고 할 도리를 잘한다며 엄마가 자랑스러워하던 나의 오빠가 꺼이꺼이 웁니다. 나이가 한 자릿수일 때나 보았던 듯한 모습입니다.

장례식이 끝나고도 오빠를 엄마 흔적 가득한 그 집에 혼자 두고 차마 발걸음이 안 떨어져서 두 밤을 더 자며 오빠와 엄마 앨범 보며 이런저런 옛날 얘기도 하고 엄마를 실컷 추모했습니다. 그런데 오빠가 새벽에 잠 못 이루고 목 놓아 울더군요. 저는 남편도 있고 자식들도 있어서 다시 제가 사는 곳으로 내려가서 제 생활 하며 바쁘게 지내다 보면 문득문득은 엄마가 그리워 눈물은 흘리겠지만 그래도 외롭지 않게 살아질 텐데, 오빠는 그게 아닐 듯해서 너무 걱정이 됩니다.

자꾸만 자기가 엄마한테 못 해드린 것만 생각하며 자책하는 모습이 안쓰럽네요. 그만하면 누구나 다 입 댈 만큼 엄마에게 충분히 잘해드렸는데, 엄마 마음을 더 들여다보지 못하고 엄마가 진정으로 원하는 게 뭔지 더 헤아려드리지 못했다고 자꾸 죄책감을 갖네요. 엄마 모시고 살 때 안방도 엄마 방으로 드리고 본인은 작은 방 쓰고, 가전제품이며 가구며 다 새걸로 바꿔드리고, 손목시계가 변변한 게 없다는 거 캐치하고 좋은 시계도 사드렸는데 그거 친구분들 모임에 딱 한 번 차고 나가셔서 자랑하신 게 처음이자 마지막이었다네요.

살아계실 때 왜 손잡아드리고 안아드리지 못했을까. 엄마는 그렇게 살갑게 사랑한다는 표현도 해주시는데 왜 그 말 한마디를 못 해드렸을까. 끊임없이 오빠를 괴롭게 하는 이런 죄책감들을 하루빨리 털어냈으면 좋겠어요. 엄마는 정말 오빠로 인해 많이 행복해하셨고, 때로는 마음 졸이기도 했지만 눈에 넣어도 안 아픈 귀한 아들이었으니 사실 그 존재만으로도 기쁨이었거든요.

오빠가 이제는 좋은 여자도 만나서 연애도 하고 가정도 꾸리고 아이도 낳고 행복하게 지냈으면 좋겠어요. 예전엔 이혼하고 혼자가 된 오빠에게 '굳이 결혼하고 자식 낳을 필요 없다. 연애나 하며 혼자 자유롭게 살아도 괜찮은 것 같다'고 말했지만 이번에 엄마 장례 치를 때 유난히 외로워 보이는 오빠를 보며, 그리고 저에게 남편이 있어 얼마나 큰 힘이 되는지를 다시 한 번 느끼며 오빠도 가정을 꾸렸으면 좋겠다는 생각이 들었어요.

오창석 작가님!

저희 오빠가 부모님께 얼마나 자랑스러운 아들이었는지, 저에게도 얼마나 든든한 오빠인지, 그리고 이제는 하나밖에 남지 않은 저의 유일한 친정이기도 한 오빠가 굳건히 잘 지내주어야 저도 든든한 버팀목이 생기는 거라고, 많이 힘들고 지쳐 있을 오빠에게 위로와 격려의 편지 부탁드려요.

~~~~~~~

이 사연자의 편지도 몇 가지만 수정해서 거의 그대로 실었다. 이 감정을 아마도 많은 사람들이 공감할 것 같아서다.

처음 이 사연을 받았을 때, 아버지가 떠올랐다. 할머니가 돌아가시고 난 뒤의 아버지. 우리 아버지는 경상북도 의성의 손 귀한 집의 아들이었다. 그도 그럴 것이 1956년생의 외동아들이었다. 그 외동아들의 장남이 나였으니, 할머니의 사랑이 어떠했을까. 세상 모든 할머니가 손자를 그렇게 아끼는 줄 알았던 내가 그것이 세상 유별난 사랑이었다는 것을 알 때쯤, 그러니까 내가 고작 중학교 1학년 때, 처음으로 학교에서 내가 반장이 되었을 때, 할머니가 돌아가셨다.

늘 무섭고 엄하기만 하던 아버지는 몇 날 며칠을
눈물로 밤을 지새웠다. 장례식이 끝나고 며칠 뒤, 잠을
자는 줄만 알았던 아버지가 갑자기 할머니 영정 사진을
들고 부엌으로 들어가셨다. 통곡 소리가 들렸다.

"엄마, 왜 이렇게 빨리 가셨습니까. 엄마. 나는 아직
인간 되기 멀었습니다. 근데 왜 이렇게 빨리 가셨습니까.
엄마."

그걸 나 혼자만 듣길 바랐다. 진심으로. 그런데
옆에서 주무시는 줄 알았던 엄마도, 동생도 같이
흐느끼기 시작했다. 우리 가족은 그렇게 한참을 울었다.

부모님이 건강하신 분들은 상상하기 힘들 것이다.
아니다, 상상하기 싫을 것이다. 우리의 부모가 우리의
곁을 떠날 수도 있다는 것을. 하지만 우린 그 순간을
맞이할 수밖에 없다는 것을 알고 있다.

편지를 어떻게 써야 할지 고민이 되기 시작했다.
일단 오빠는 여러모로 가족에게 죄책감을 많이 느끼고
있다. 내가 아니었다면 여동생도 원하는 만큼 공부를 더
했을 것이고, 내가 이혼하지 않았더라면 부모님 마음도
덜 아프셨을 것이고…. 내가 더 행복한 모습 보여주지
못했고, 더 잘되는 모습 보여주지 못해서 안타까워하는
상황. 같이 살면서 어머님께 잘해드렸는데, 계속 못한
것만 생각나는 상황.

심리학적으로 유족들에게 가장 혼란스러운 감정 중
하나인 '분노'는 두 가지 원인 때문에 발생하는데, 가장
큰 원인은 사람이 죽음을 막기 위해 할 수 있는 일이
아무것도 없다는 것에 대한 좌절감이며, 둘째는 가까운
사람을 잃은 뒤 일어나는 일종의 퇴행적인 경험(어릴
적 길에서 엄마를 잃었을 때 느꼈던 공포와 원망)에서
온다고 한다.

전문가들은 이 분노는 스스로 적절하게 인정해야만
이겨낼 수 있다고 했다. 고인의 죽음에 대해 이야기하는
기회가 많아야 하는데, 그 이유는 그런 기회가 많을수록

정서적으로 그 죽음에 대한 수용 태도가 성숙해지기
때문이라고 한다. 특히, 친밀한 가족과 함께 이야기를
나눌수록 두려움이 줄어든다고 했다.

하지만 지금은 이미 여동생이 오빠와 많은 이야기를
나눈 상태다. 앞으로도 더 많은 이야기를 나누며 슬픔을
나누겠지만 그래도 여동생이 한 번 더 편지를 쓰는 건
어쩌면 동일한 행동을 반복하는 것이 아닐까 하는 생각이
들었다. 사연자는 카톡과 전화, 그리고 실제 같이 지내며
많은 이야기를 하셨다. 그럼에도 불구하고 힘들어하는
오빠를 위해 편지를 써달라고 한 것이다.

고민 끝에 나는 이 편지의 화자(話者)를 바꾸기로
했다. 여동생이 오빠에게 쓰는 편지가 아닌, 돌아가신
어머니가 아들에게 쓰는 편지로. 이 슬픔을 달래줄
유일한 사람은 어머니이니까.

편지는 그렇게 '어머니가 지금 이 상황을 보고
계신다면, 혹은 어머니가 살아계셨다면 이렇게
말씀하셨을 것이다'의 느낌으로 바뀌게 되었다.

아들아,

우리 아들 잘 지내고 있지?

내가 급하게 떠났다고 해서 네가 나에게 무엇을
해주지 못했다고 생각하지 마라.

나도 그랬다. 나도 너희 아버지가 떠나고 그런 것부터
생각이 나더라. 남들이 부러워할 만한 선물, 네가 해주고
싶었던 선물 못 해줬다고 생각하지 마라. 우리의 인생이
선물로써만 마음을 표현할 수 있는 것이 아니다.

네가 태어나고, 네가 걷고, 네가 우리를 보고
웃어주고, 혼자서도 씻고, 책가방을 메고 혼자 학교를
가고, 그 모든 것이 우리에겐 선물이었다. 그러니 네가
특별히 무언가 선물을 해줬어야 했다고 생각하지
마라. 우린 이미 너와 함께한 그 모든 순간들을 선물로
생각하고 받아들였다.

아들아,

동생한테 미안한 마음이 있는 것, 잘 안다. 그래도 그 죄책감만으로 바라보지 마라. 충분히 너희 둘은 잘 이겨냈다. 시간을 되돌려서 너로 인해 동생이 힘든 순간이 하나도 없었다면야 좋겠지만, 시간을 돌리진 못한다. 돌릴 수 없다면, 지금 잘해라. 날 떠나 뭘 해줄 수 없다는 상실감이 있다면, 동생에게 더 잘해라. 계속 나 떠났다고 슬퍼만 하면 그게 동생에게 더 몹쓸 짓이다. 나와 달리 너에겐 아직 더 잘해줄 수 있는 시간이 있단다.

네가 결혼을 하고 다시 헤어진 것에 대해 좋은 모습만 보여주지 못했다고도 자책하지 말거라. 우리도 늘 너희에게 좋은 모습만을 보여준 것이 아니다. 부부의 연을 우리는 어떻게든 이어왔지만, 그 과정이 모두 순탄치만은 않았다. 보여주기 싫은 모습도 보였을 것이고, 부모의 그런 모습에 너희가 큰 상처를 받았을까 난 그게 더 걱정이었다. 나야말로 시간을 돌이켜 좋은 모습만을 보여줬더라면 어땠을까 하는 생각을 한단다.

부부의 연을 이어왔다고 해서 좋은 인연이었다고만 보기 어렵고, 부부의 연이 끊겼다고 해서 서로가 나쁜

사람이었다는 것도 아니다. 누군가를 새로 만남에 있어
자책할 필요 없다. 우리 아들은 누가 봐도 세상에서 가장
멋진 남자이자 남편감이다. 그러니 지난 사랑의 과정
때문에 새로운 사랑에 주저하지 말거라. 네게 더 행복한
순간이 있다면 누구보다 내가 멀리서라도 기뻐하고 있을
거다.

아들아, 그래도 하나 섭섭한 건 있다. 나는 우리
아들에게 사랑한다는 말을 아낌없이 했는데, 너는 왜
그렇게 해주지 못했니. 새삼 이런 말을 남기는 이유는
내가 못 들었던 것까지 네가 주변의 사람들에게
말해줬으면 좋겠다는 생각이 들어서란다. 그 말은 아끼지
않았으면 한다.

아들아, 사랑한다는 말만이 사랑을 뜻하는 것은
아니란다. 내가 네게 냉장고에서 야채와 과일을 꺼내서
먹으라고 하는 말도 사랑한다는 말의 일종이다. 너의
건강이 걱정되고, 네가 더 건강했으면 좋겠다는 생각이
들어서 하는 말이고, 그 생각이 든 이유는 너를 사랑하기
때문이란다. 사랑한다는 말로만 사랑을 표현할 수 있는

게 아니란다. 주변을 돌아보고 이제 하나씩, 상대가
사랑을 느끼도록, 상대가 배려받고 있다는 느낌이 들도록
말해보거라. 그 말이 자연스럽게 상대로 하여금 너에게도
더 잘하는 사람으로 만들 거란다.

아들아, 엄마는 잘 지내고 있다. 괜히 내 걱정 하지
말고, 괜히 나 때문에 하루의 기분을 망치지 말고, 괜히
나 때문에 풀 수도 없는 죄책감을 가지지 말고, 너의
인생을 행복하게 살아라. 그래야 우리가 다시 볼 때 내게
해줄 이야기가 더 많지 않겠니?

아들아, 엄마는 정말 잘 지내고 있단다.
우리 곁에 와줘서 고마웠다. 내가 더 고마웠다.

(여기까지 편지를 쓰시고, 편지지 장을 바꾸어서
아래와 같이 쓰세요.)

오빠, 나도 엄마 딸이야.

엄마라면, 엄마라면 분명히 이렇게 오빠한테

말해줬을 거야. 그러니까 소소한, 삶에서 지나간

죄책감이나 뭘 해주지 못했다는 감정을 가질 필요 없어.

　　보지 못한다고 보내버린 것도 아니고, 마음속에서

보내지 않는다고 해서 볼 수 있는 것도 아니야. 우리

이렇게 마음을, 엄마에 대한 마음을 조용히 간직하면서

살아가자. 엄마가 아빠랑 만나서 잘 지켜보고 계실거야.

알겠지?

이 편지가 쓰이고 방송이 나간 뒤 친한 형으로부터,
돌아가신 어머니가 갑자기 생각났다며, 고맙다는
카톡을 받았다. 부모님에 대한 추억과 이야기들, 그리고
틱틱대며 표현하지 못했던 부모님에 대한 당연한
감사함을 다시금 되새겨볼 수 있어 너무 좋았다고 했다.
오히려 내가 감사했다. 그렇게 나도 나를 되돌아볼 수
있었으니까.

사연을 보내주신 분께서도 소중한 후기를
보내주셨다.

~~~~~~

큰 기대 없이 오창석 작가님께 메일 보냈는데 갑자기 제가
보낸 사연이 나와서 깜짝 놀랐어요. 아직도 '엄마'와 '장례식'이라는
두 단어의 조합이 생경하기만 한데 벌써 엄마 장례식을 치른지 한
달여가 지났네요. 아직은 매일 눈물 바람이지만… 오빠와 자주
연락 주고받으며 남매지간의 우애는 더 두터워지는 듯합니다.

단순히 제가 쓰는 편지가 아니라 엄마가 쓰는 편지… 정말

생각지도 못했는데… 진정으로 오빠에게 힘이 될 수 있는 편지인 것 같아요. 오작가님의 세심한 마음씀씀이에 정말 감탄했습니다. 엄마가 예전 물건 안 버리는 걸 마음에 안 들어한 오빠가 그런 것들 좀 버리라고 닦달해서 엄마가 예전에 쓰던 가계부들 버리게 했다며 오빠가 많이 자책했어요. 엄마의 사소한 기록 하나도 지금은 너무 소중해져서 말이죠. 그런 오빠에게 엄마가 쓴 편지라니… 오작가님 정말 천재 같아요.. 감사해요.

아직 오빠에게 편지를 전하지는 않았지만 마치 이 편지 내용을 미리 읽기라도 한 듯 오빠가 얼마 전에 저에게 사랑한다고 문자도 보냈더라고요. 40년 넘게 살며 오빠한테 저런 말을 들을 거라곤 상상도 못 했는데 말이죠. 엄마가 많이 긍정적이고 상냥한 성품이셨기에 저희도 엄마 자식들답게 밝게 힘내서 잘 살자고 자주 이야기하고 있어요.

후회가 버릇이 되어버리지 않도록 이제 자책과 후회는 그만하고 웃으며 부모님을 추억하자며 오빠가 엄마에게 사드린 옷이며 시계도 제가 착용하겠다고 가져오고, 엄마 사진들도 액자와 앨범 사서 예쁘게 정리해서 엄마 방을 꾸며드렸어요.

출연자 여러분들 공감해주시며 말씀 나눠주셔서 정말 감사합니다. 각자 부모님들 얘기 하실 때… 솔직히 많이 부러웠어요. 지금은 엄마, 아빠 있는 사람들 다 부러워요. 다들 많이 들어보셔서 구태의연하게 들릴 수도 있지만, 부모님은 언제까지 기다려주시지 않으시니까 평소에 사진도 자주 같이 찍고 가끔 동영상도 찍고 통화할 때 녹음도 가끔 해두고 그러세요. 나중에 뭐 해드려야지… 하고 미루지 말고 작은 거라도 지금 할 수 있는 건 당장 해드리세요. 말 한마디든 전화 한 통이든….

댓글 달아주신 많은 분들과 〈수해복구〉 출연자 여러분들께 다시 한 번 감사드려요.

오빠에게 편지 보내고 나중에 후기 사연 보낼게요.

〰〰〰〰

사연자의 오빠가 힘을 내길 바란다. 사연자분도 마찬가지다.

아울러
이 시대의 모든 부모님께 존경한다는 말씀을 보내드리고 싶다.

열두 번째 편지
아부지, 여자친구 사귀세요

편지가 도착했다. 경상도의 둘째 아들이 아버지에게
보내는 편지다.

요즘은 출신 지역으로 어떠한 특성을 이야기하는
것이 굉장히 조심스럽다. 경상도 남자는 투박하다,
표현을 잘 하지 못한다, 무뚝뚝하다 등의 이야기 말이다.

부산에서 초중고를 나온 것도 모자라 대학까지
부산에서 졸업한 나로서는 솔직히 위의 표현들이 딱히
틀렸다고 말하기 어렵다. 특히나 우리 세대가 아닌
기성세대, 그러니까 50대 이상에겐 더더욱.

27살까지 부산에서 살았고, 28살 1년을 호주에서
살았고, 그 이후 지금의 35살까지 서울에서 살고
있는 내게 아버지란 사람은 여전히 참 어려운 존재다.
오죽하면 그 흔하디흔한 '감기 조심하세요'라는 말도
30살이 넘어서야 겨우, 그것도 면전에선 남사스러워
전화로 처음 해봤으니 말 다 한 거다.

　　그런 경상도의 아들이 그런 경상도의 아버지에게
편지를 쓰고 싶다는 연락이 왔을 때, 나는 이미 충분히
따뜻함을 느낄 수 있었다.

～～～

　　안녕하세요! 개인적으로 작가님 엄청 팬입니다! 사실 이동형
작가님 방송으로 시작해서 〈수해복구〉로 넘어왔고 지금은
정주행과 최신화를 번갈아 들으며 진도를 따라붙고 있습니다.
〈수해복구〉는 그나마 제 나이와 비슷한 형님 누나들이 방송해서 더
즐겁게 잘 보고 있습니다!

　　저는 부산에서 나고 자라 현재는 울산에서 직장을 다니고

있습니다. 개인적으로 부산 출생이기도 하고 사하구에 오래 살아서 오창석 작가님께는 많은 동질감을 느끼고 항상 응원하고 있습니다. 저희 형과 나이가 동갑이기도 하시고요.

일단 앞서 설명드렸듯이 저는 아버지께 편지를 보내고 싶습니다. 그런데 문제는 제가 정확히 어떤 말씀을 전해드려야 할지… 저 스스로 잘 모르겠다는 것입니다.

제 이야기를 조금 드리자면, 저희 집은 5명의 가족으로 할머니, 아버지, 어머니, 형, 저 이렇게 엄청 화목한 것도, 그렇다고 원수도 아닌 것처럼 살고 있었습니다. 저는 2012년에 입사하고 얼마 지나지 않아 현재의 와이프를 만났고 아기가 생겨 곧바로 결혼을 하게 되었습니다. 근데 그 과정이 순탄치만은 않았습니다. 당시 제가 24살의 어린 나이이기도 했지만 제가 결혼하기 딱 3주 전에 평생 함께 살았던 할머니께서 갑자기 건강이 안 좋아지셔서 돌아가셨기 때문입니다.

저는 할머니와 각별했습니다. 회사에 입사하고도 거의 매주 찾아뵈다시피 했습니다. 하지만, 할머니가 베푼 사랑만큼 제가 더 잘해드리지 못해서 우리 곁을 일찍 떠난 것은 아닌가 하는 생각마저 들었습니다.

그렇게 아버지 입장에서는 어머니를 여의었고, 저는 평생
처음으로 아버지가 그렇게 울면서 벽에 머리를 쿵쿵 박으시는
모습을 영락공원에서 보게 되었습니다. 시간이 흘러서 2014년에는
첫째가, 2015년에는 둘째가 태어나 시끌시끌하지만 그래도
재미있게 살아가고 있다고 생각한 2017년 4월의 어느 날,
평소 간이 좋지 않아서 복수가 차기 시작하던 어머니께서
쓰러지셨습니다. 부산에 같이 있던 형이 급히 병원으로 모셨고
어머니는 중환자실에서 하루를 버텼지만 결국 다음 날 어머니마저
세상을 떠나셨습니다.

어느덧 아버지가 혼자되신 지 3년째 되었습니다. 지금은
다대포에 조금 작은 월셋집을 얻어 혼자 살고 계십니다. 형은 따로
원룸에 살고 있고요. 가능하면 매 주말은 불가능하더라도 격주
정도는 주말에 아버지를 뵙고 같이 저녁을 먹고 손주를 보여드리고
있습니다. 60년생인 아버지께서는 평생 공업고등학교 선생님을
하셨습니다. 이제 은퇴도 1년 반 남짓 남았고요.

평생을 헌신했던 학교에서 이제 은퇴하실 날도 얼마 남지

않았고, 또 퇴근하면 집에 자신을 반기는 가족도 없습니다. 빨래도 청소도 요리도 설거지도 안 해보던 것들이라 많이 어색하셨을 텐데... 3년이란 시간이 치유해 주는 것인지 요즘은 제가 가면 술안주로 대구탕을 끓여 주실 정도로 요리 실력도 좋아지셨습니다.

마냥 걱정 없이 지내시리라 생각이 들다가도 너무 허전하고 쓸쓸하실 것 같다는 생각이 어쩔 수 없이 듭니다. 농담으로라도 여자친구를 사귀시라고 해도 헛웃음뿐이시고 제가 키우는 개를 맡겨도 귀찮다고 하실 뿐입니다. 아직은 직장 일로 바쁘셔서 그렇겠지만 언젠가 은퇴하시고 나면 쓸쓸함이 너무도 크실 것 같다는 생각이 듭니다.

그렇게 말주변이나 글재주가 없는 편은 아니지만 팟캐스트를 많이 들으시는 아버지께 방송을 빌려 감사하다는 말씀과 아버지 앞으로의 인생에 대한 응원을 드리고 싶다는 생각이 들어서 오작가님께 사연을 보내봅니다. 제가 감사하다는 말씀을 드려야 할까요? 아니면 앞으로는 본인의 인생을 사시라고 말씀을 드려야 할까요?

전 사실 오작가님이 대신 읽어주시는 것까지 아버지께

들려드리고 싶습니다. 그냥 오롯이 제 마음이… 어떨지는 모르지만 감사하고 또 감사하고, 앞으로 더 건강히 오래 곁에 계셨으면 좋겠다는 말씀을 드리고 싶은데… 좀 스스로는 오글거려서 못 하겠네요. ㅎㅎ

긴 글 봐주셔서 너무 감사하고, 혹시나 아이템 없으실 때 살짝이나마 고려해주시면 더욱 감사하겠습니다!

~~~~~

아버지를 위한 편지, 더 정확히는 외로워지신 아버지를 위한 편지다. 감사하다는 말씀을 드려야 할지, 앞으로의 아버지의 인생, 그러니까 당신의 행복을 빌어주는 말씀을 드려야 할지…. 편지 내용의 방향성을 잡기 위해 조금 더 아버지에 대한 정보를 알고 싶었다.

난 조금 더 상세한 답변을 얻기 위해 다시 메시지를 보냈다.

~~~~~

혹시 아버지와의 특별한 추억이나 생각하는 것, 아버지가 좋아하시는 것, 좋아하시는 것은 무엇이라도 있었으면 좋겠고요, 미안했던 점이나 그런 것들도 있으면 좋겠어요.

~~~~~

답장은 빨리 도착했다.

~~~~~

특별한 추억은 저희 아버지가 선생님이셔서 항상 졸업식이 겹쳐서 못 오셨었는데 초등학생 때는 할머니, 어머니가 와주셨고 중학생 때는 아버지가 오셨던 게 기억이 나네요. 고딩 때는 호기롭게 아무도 오지 말라고 했는데, 같이 왔던 다른 친구들의 가족들을 보면서 조금 부럽다는 생각을 했습니다. 사람 마음이란 게 참.

심지어 군대 갈 때도 혼자 서면에서 버스 타고 갔는데, 아버지께서 출근 전에 서면까지 데려다주시면서 몸 건강히 다녀오라시며 악수했던 것도… 제가 회사에 입사하며 연수 받을 때도 부산역까지 태워주시고, 수료식 때도 같이 사진 찍고 했던 것들이… 어찌 보면 아버지께서 제 인생의 중요한 순간들에 시작을 안내하고 축하해주시는 그런 역할을 해주신 게 아닌가 하는 생각이 드네요.

아버지께 미안한 게 있는데요. 아버지가 손주 보고 웃으시며

안아주시고 좋아해주시고 화도 안 내시고 하는 걸 보면서 제가
'우리 아빠는 나한테 안 저러셨다, 늘 화내시고 안아주시지도
않았다'는 말을 장난 삼아 했는데… 설마 그러셨겠습니까. 아버지가
항상 본인이 무뚝뚝해서 표현을 잘 못하셔서 형이랑은 클 때
사이가 좀 좋지 않았고, 그때 미안했던 마음에 저한테는 그나마 더
표현을 하려고 노력하신다고 말씀하십니다. 그런데 제가 좀 말을
직선적으로 하는 편이라서 그래도 아빠는 무뚝뚝했다고, 고기만
많이 사준다고 다가 아니라고 막 쏴붙였지만 아버지랑은 사실
스쿼시, 헬스, 배드민턴, 탁구, 당구 등 이것저것 운동도 많이 했고
약주 드실 때 늘 옆에서 말 상대 해드리며 많은 시간을 보냈던 게
기억에도 남습니다. 그게 이제 결혼하고 타지에 살다 보니 자주
시간을 갖지 못하고 찾아뵙기는 한 달에 두세 번씩 찾아봬도 애를
맡긴다든지 금방 밥만 먹고 간다든지 하는 식으로 최선을 다하지
못하는 것이 아닌가 하는 죄송함도 있고요.

　저희 집이 같이 여행을 전혀 안 가는 집이었는데 2년 전에
거제도 여행을 갔습니다. 아버지는 귀찮아하시고 원래 여행 가고
그런 거 안 즐기시는 성격이지만 앞으로는 그런 기억에 남는 일들을
많이 해보고 싶은 바람이네요. 제주도 한번 가자니까 학생들이랑
몇 년을 수학여행으로 가서 싫다고 하시는데 또 손주들이랑 가면

좋지 않겠나, 다른 마음이지 않겠나 하는 마음도 있고요. 또 앞에 말씀드렸듯 평생 일만 하시고 방학 때도 늘 학교에 나가서 최선을 다하신 분이라 은퇴 후에 어떤 일이든 하셔서 공허한 마음이 없으셨으면 하는데… 한편으론 이제 좀 쉬셔야 하는 것 아닌가 하는 마음도 들고요.

아버지가 팟캐스트 즐겨 들으세요. ㅋㅋ 제가 정치적 성향에서 아버지 영향을 많이 받았는데, 팟캐스트로는 제가 끌고 들어왔고요. 김어준, 김용민, 이동형 유튜브 쪽도…. 진보적인 이야기 나눌 곳이 저밖에 없다는 말씀 하실 때도 좀 외롭지 않을까 하는 생각이 들기도 하고요. 주변에는 정치에 관심이 없거나 나이대가 있으셔서 상당히 보수적이신 분들이 많다고 하더라고요.

운동을 엄청 좋아하셨는데 근래에 몸이 좀 안 좋아지시고 고관절이 아프다고 하시는 데다 코로나까지 겹치니 배가 많이 나온 것도 걱정이 되네요… 아닌 말로 여자친구라도 만드시려면 건강 관리 몸매 관리 하셔야 하는데 고혈압도 있으시고… 그런 부분은 걱정이 됩니다.

~~~~~

　여기까지 이야기를 듣고 나서는 곧바로 편지 쓰기에
돌입했다.

　사실 냉정하게 말해서 외로워지신 아버지를 위해
갑자기 같이 산다고 해서 아버지가 외로움을 덜 느끼실
가능성은 적다.

　사람이 북적대는 집에서 매일 손주를 보면 좋겠지만,
오히려 자식에게 부담을 주는 것을 아닐까, 반대로
아버지가 불편하시진 않을까 서로 눈치를 볼 가능성이
높다. 결국 그 허전함이란 완전히 채워지긴 어렵다.

　물리적으로도 쉽지 않다. 서로 다른 지역에서
근무하고 있다. 아버지가 출근하는 학교가 정해져 있고,
아들도 회사가 정해져 있지 않은가.

　여자친구가 생겼으면 좋겠다는 아들의 말은 진심일
것이다. 어쩌면 그 상황이 적어도 자식의 입장에서는
마음이 한결 놓일 것이다. 조심스레 아버지에게도

마찬가지일 것이라 감히 추측해본다.

고마움을 표현하되, 건강을 챙기시라는 이야기는 몇 번이고 반복하고, 존경한다는 말까지 살짝 담아봐야겠다.

참, 이 편지는 평소 팟캐스트를 즐겨 들으시는 아버지께 방송으로 직접 들려줄 예정이라 했으니, 맞춤법과 무관하게 부산 사투리를 말하는 느낌을 그대로 살려 편지를 써보겠다.

~~~~~~

아부지요,

특별한 날도 아닌데, 이래 편지 쓸라카니,

쑥쓰럽네요. 몇 번 썼었는데도 여전히 좀 넘사시럽기도

하고요.

뭐, 어차피 아부지도 엄마한테 편지 그튼 거는 잘

안 해줬다 아입니까. 그래도 내는 누구한테 맡기더라도

아부지한테 편지 쓸라는 노력이라도 했으이, 내가

아부지보다는 좀 낫네요.

아부지, 혼자 지낼만합니까. 저도 결혼한지 좀 되서

그런지, 집에 가도 혼자 있는 거 같고, 같이 있어도

가끔은 외롭다는 생각 하는데, 아부지는 지금 진짜 혼자

산다 아입니까.

제가 전화 더 자주 할게요. 할머니, 그리고 엄마

돌아가시고 나서 아부지 얼마나 외로울까 생각하면서

연락 자주 하지 않았습니까. 그래도 그게 제 딴에는

많이 한다고 한 건데, 혹시 그게 아부지 입장에서는

적은 것은 아닐까, 항상 모자라지 않을까 걱정이 됩니다.
그래도 너무 외로워 마이소. 우리 인생에 늘 사람을 먼저
보내기만 하지는 않지 않습니까. 며느리도 보고 우리
아들, 손자도 보고 얼마나 좋습니까.

할머니하고 엄마하고 먼저 가셨어도 우리끼리는
자주 보고 여행도 다니고 그랍시다. 맨날 수학여행으로
제주도 많이 갔다고 하지 말고, 우리 가족끼리 한번
가입시다. 제가 초등학교 졸업한 이후로는 가족 여행 간
기억이 없네요. 또, 일로 간 거랑 그냥 가족끼리 놀러가는
거랑 천지차이 아이겠습니까. 뭐 우리 인원 체크 할 것도
아이고.

그러고 보니, 예전에는 아부지하고 헬스도 다니고
배드민턴, 탁구, 당구고 뭐고 참 같이 많이 했는데 요새는
같이 안 사니까 영 그런 걸 같이 못 해서 좀 그렇네요.

쪼매 떨어져 산다고, 저도 지켜야 할 가정이 생겼다고
잘 못 드다보는데, 앞으로는 제가 잘 찾아뵙겠습니다.
그라고 건강 좀 챙기이소. 그래야 또 여자친구도 만들고

둘이 놀러도 다닐 거 아입니까. 혼자 있으면 빨리

늙습니데이.

그라고 그, 남자 혼자 요리 잘해봤자 아무 쓸모

없습니다. 같이 무 줄 사람이 있어야 행복하지. 요리로,

내 챙기줄 필요는 없습니다. 안 그래도 지난번에 대구탕

끓여 줬을 때 얼마나 맛있던지 기분이 좋다가도 이걸

내가 얻어먹는 게 맞나 싶더라고요. 아부지 여자친구랑

둘이 먹었으면 더 좋았을낀데, 그런 생각도 들고요.

근데 아부지, 그 대구탕 진짜 맛있었습니다. 근데

또 마음도 참 아픕다. 원래는 그런 거 못 하던 양반이

요리도 척척 해내는 거 보니까, 우리 아부지가 진짜

혼자 지내고 있구나, 새삼 느껴져서, 집에 돌아오는데

괜히 마음이 아프기도 합다. 요리 실력이 늘어가면

늘어갈수록 우리 아부지 혼자 있는 시간이 많아졌구나,

그런 생각이 들어서 더 짠하고요. 그러이까네, 빨리

여자친구 만드이소. 나도 맘 편하게 살구로. 몸 아픈 데

있으면 말씀하시고. 자식새끼 놔뒀다 뭐 합니까 병원비

보태 쓰고, 소고기 사 묵고 싶을 때 부르는 거지. 진짜

건강 잘 챙기이소. 예전보다 배도 훨씬 더 많이 나오시고,
혈압도 높으신데 걱정이 이만저만이 아입니다.

저도 요새 건강 잘 챙겨야겠다 싶습니다. 아시다시피
저도 100kg가 훨씬 넘다 보이 젊어도 건강 잘
챙겨야겠다 싶습다. 또, 저도 이제 아부지 아입니까. 내
마누라, 내 새끼 먹여 살릴라믄 내가 건강해야지요.

아부지, 아부지는 우리를 그렇게 키우셨습니다.
주말에도 학교 나가시면서 일도 열심히 하시고,
학교에 형하고 저를 데리고 가서서 여러 선생님들도
소개해주시고 점심이면 짜장면 사주시고, 그런
것들이 이제 우리 형제한테 다 좋은 추억입니다. 다른
아부지들처럼 주말 내내 잠만 자던 모습이 아니라 늘
일을 열심히 하시면서도 세심하게 우리 챙겨주려고
하는 그 모습. 제가 요즘 일해보니까, 일하면서
애도 키워보니까, 그게 참 쉽지 않았던 일이라는 걸
깨닫습니다. 별거 아인데도 우리랑 같이 시간을 보내려고
하는 것, 어릴 때는 보이지 않았던 사회생활이며,
때때마중 집값, 관리비, 생활비, 우리 학원비하고 학교

댕길 때 쓰던 돈, 다 아부지 땀에서 나온 거 아입니까.

　내 요새 일한 지 얼마 되지도 않았는데도, 아부지
그동안 어째 살아왔는지 진짜 쪼금은 알겠습디.
아부지요, 고맙습니다. 내 쫌, 그걸 더 쫌만 더 일찍
알았으면 어땠을까 싶다가도 그래도 뭐, 지금이라도
알아서 얼마나 또 다행입니까. 다만, 할머니 살아계실
때 요리며 설거지며 더 많이 도와드리지 못한 게 계속
생각납니다. 제가 쫌만 더 도와드렸으면 할머니 좀 더
오래 사시지 않았을까 그런 생각도 드네요.

　아부지, 내 군대 갈 때도 서면까지 데려다 주시고,
내 회사 처음 갈 때도 부산역까지 데려다주시고,
돌아보면 늘 제가 새로 뭐 시작할 때마다 아부지가
함께해주셨습니다. 고등학교 갈 때, 대학교 갈 때, 사실
전부 아버지와 함께 상의하고 따라왔습니다. 그 잘
인도해준 길 덕분에 제가 지금까지 있을 수 있었습니다.
하기사 뭐 내가 아부지 아니었으면 태어났기라도
했겠습니까.

아부지요, 그런 말을 들은 적이 있습니다. 아들은 아부지 등을 보고 큰다는 말. 어릴 때는 그게 무슨 말인지 잘 몰랐는데 요새 정말 많이 느낍니다. 한없이 커 보이던 그 등을 보고 컸고, 그 등 너머로 배운 것들, 인사 잘하는 것부터, 다른 사람한테 공손하게 대해야 한다는 기본 예절, 삶의 노하우, 지식, 고민되는 순간에 어떤 선택을 내려야 하는지까지. 정말 하나부터 열까지 그 등 너머로 배웠습니다. 덕분에 제가 자격증도 열다섯 개나 땄지 않습니까. 다 아부지 덕분이라고 생각합니다.

그런 크고 작은 영향이 어느덧 제 삶의 가장 중요한 방향타가 된 것 같습니다. 정말 새삼 존경한다는 말이, 뭐, 어디 티브이에 나오고 책에 나오고 그런 사람들한테만 쓰는 게 아니라고 요즘 하루하루 더 강하게 느낍니다. 아부지요, 고맙고, 또 존경합니데이. 그리고 사랑합니다. 뭐, 이런 거 말하고 싶어서 편지 쓴 거 아이겠습니까.

앞으로 더 잘하겠습니다. 지켜봐주시고, 건강 챙기시고요. 조만간 또 가족끼리 밥 묵읍시다. 이번엔 제가 소고기 한번 쏘겠습니다.

둘째 아들 올림.

～～～

편지를 다 읽고 나서 나는 사연을 보내준 아들에게 당부의 메시지를 방송을 통해 전달했다.

～～～

"아버지가 정년퇴직 2년 반 남아 있으면,

아마도 그때 코로나는 우리 곁을 멀리 떠나 있을 테니,

꼭, 그러면 꼭,

아버지 정년퇴직하실 때,

그게 만약 평일이라면 꼭 하루 휴가라도 써서

아버지 정년퇴직하시는 그날 학교에 가서

같이 사진도 찍고 동영상도 남겨주세요.

제가 못 해서요.

평생의 한으로 남아 있습니다.

꼭 부탁드릴게요."

～～～

우리 아버지도 공무원이셨다. 학교 공무원이셨는데 29년 8개월을 끝으로 퇴직하셨다.

퇴직하시는 날, 학교의 모든 교직원이 나오고
선생님들과 학생들이 박수를 쳐주며 그동안 고생했다고
배웅을 해주셨다고 한다.

금요일에 퇴직을 하시고 우리 가족은 주말에 같이
밥을 먹었는데, 아버지께서 갑자기 먼저 우시며 그런
말씀을 하셨다.
'그때 많은 사람들이 축하해주는데 얼마나 눈물이
나는지…. 혹시 우리 가족들이 와서 사진이라도
남겨줬으면, 동영상이라도 하나 남겨줬으면 어땠을까
그런 생각이 든다.'

고깃집에서 그렇게 우시는 아버지 앞에서 어머니와
나, 그리고 동생은 아무 말도 할 수가 없었다. 그렇게 한
가장이, 그렇게 혈기 왕성하고 우리 집의 대들보였던
아버지가 하염없이 눈물을 흘리실 때를 나는 아직도 잊지
못한다.

방송을 마치고, 사연자에게 이 편지 원문을 전달했다.
그리곤 무언가에 홀린 듯, 새벽에 그 사연자의 SNS를

찾아 들어가게 되었는데, 거기엔 과거 어머니가 돌아가실
때 남긴 아들의 글이 있었다.

～～～

부디 그곳에선 아프지 말고 건강하시길...
사랑한다, 감사한다 말씀 못 드려서 죄송합니다.
사랑합니다. 감사합니다. 엄마...

～～～

아들의 행복을 바라며 열심히 키운 아버지와 이젠
아버지의 행복을 진심으로 바라는 아들의 이야기였다.
사연자분께서 못다 한 감사의 말을, 사랑의 말을, 존경의
말을, 부디 아버지께는 많이 하시며 살아가길 진심으로
바란다.

또한, 사연자의 아버지께서도 늘 건강하시며
행복하시길 바란다.

추천사 4

홍장원

올해 제가 한 일 중에 가장 잘한 일이 될 것 같습니다.
창석이에게 '대신 써 드립니다'를 책으로 엮어보라고
제안한 일이 말이죠.

오창석 작가는 몰입력이 좋은 친구입니다. 랩 배울
땐 자기가 에미넴인 줄 알고, 운동 할 땐 자기가 로니
콜먼인 줄 알죠. 그 몰입감이 누군가의 대필 편지를 써야
하는 상황에 큰 도움이 되기도, 독이 되기도 했습니다.
자기 일처럼 쓸 수 있었지만 자기 일처럼 아파해야
했으니까요.

이제는 오창석 작가의 이야기이자 각자 다른
주인들의 이야기이기도 한 열네 편의 편지를 여러분의
이야기로 만들어보시길 바랍니다. 너의 이야기가 나의
이야기가 되고 모두의 이야기가 되는 연대의 기적이
함께하기를....

열세 번째 편지
우리 같이 살자

편지가 도착했다. 이번에는 프러포즈 편지이다.

연애의 끝이 결혼이 아니라, 연애의 과정 중
하나가 결혼이다. 자칫 오글거릴 법한 이 문장은 한창
싸이월드가 성장할 무렵, 미니홈피에서 쉽게 찾아볼 수
있었다.

아직 결혼하지 않은 나로서는 결혼이 여전히 미지의
세계다. 결혼은 현실이라며 환상을 깨라는 주변의
기혼자들이 많지만 여전히 결혼은 적어도 내 인생에
있어선 미개척지이다. 결혼이 현실이라도 나는 여전히
궁금한 것이 있다. '이 사람이다' '이 사람과 결혼하고

싶다'는 그 감정이 무엇일까? 그 확실하고도 명확한
너라는 답이 아니고서는 안 되는 그 순간의 기분이 어떤
것일까? 궁금해 미칠 것 같다.

사연은 결혼을 하는데 프러포즈용 편지가 필요하다는
것이었다. 결혼은 내년 7월이라고 하셨다. 아직 시간이
남아 있지만 보통 프러포즈는 그 이전에 하니까.

일단 몇 가지 답변을 보내달라고 요청했다.

~~~~~~

1. 어떻게 만났는지
2. 무엇에 이끌렸는지
3. 무엇이 가장 좋은지
4. 결혼을 결심한 결정적 이유는
5. 얼마나 만났는지
6. 어떤 결혼 생활 할 건지
7. 어떤 남편이 될 건지
8. 어떤 아내가 되면 좋을지
9. 꼭 하고 싶은 말이 있는지

～～～

이 목록은 다년간의 결혼식 사회자 경험에서 나온 것이다. 결혼할 때 신랑이 신부에게, 신부가 신랑에게 써주는 편지를 하도 많이 들어서 중요한 포인트는 여기서 다 나온다는 것을 알고 있었다. 프러포즈 편지를 쓰고 싶은 분들은 이 목록을 잘 참고하시길. 물론 내가 프러포즈를 할 때 상대에게 써줄 편지의 주요 내용이기도 하다.

여자 친구의 이름은 '유정'이라는 가명으로 표현했다.

～～～

1.어떻게 만났는지

제가 다니는 교회 전도사님 소개로 만나게 되었습니다. 첫 만남 때 이미 저는 여자친구에게 반해버렸는데, 여자 친구는 두 번째 만남 때까지도 '아, 이 사람이랑은 오래 못 만나겠구나'라고 생각했다네요. 근데 그날 제가 전화로 '목소리 듣고 싶어서 연락드렸다'라고 했는데, 거기서 진심을 느꼈다고 합니다. 그렇게 저희는 지금까지 이쁘게 만나고 있습니다.

2.무엇에 이끌렸는지

저와는 다른 반듯한 모습에 많이 끌렸어요. 음… 제가 연애를
5년 정도 안 하다가 만난 것도 있지만 뭔가 그냥 이 사람이다 했던
거 같아요.

3.무엇이 가장 좋은지

여자친구를 만나고 제 문화생활이 바뀌었어요. 태어나서 한
번도 뮤지컬, 콘서트, 연극 같은 걸 본 적이 없는데 여자친구 덕분에
너무 많은 추억이 생겼어요. 그 외에도 여러 가지가 있는데 딱 어떤
점이 좋다기보다 그냥 여자친구 자체가 너무 좋네요. ㅎㅎ

4.결혼을 결심한 결정적 이유는

다들 결혼을 결심하게 될 때 얘기들 하잖아요. '아 이
사람이다.' 저도 그랬던 거 같아요. '아, 이 친구랑 결혼 하면 나도
성숙해지겠다, 참 행복하겠다'라는 생각을 하게 만들어요.

5.얼마나 만났는지

만난 지는 1년 하고 7개월 됐어요.

6.어떤 결혼 생활 할 건지

저희 종교가 기독교이다 보니 믿음의 가정이라고 해요. 서로
믿고 의지하고, 싸우고 나면 미안하다고 안아주고⋯. 재정적으로
풍족하진 않지만, 행복하게 살고 싶어요.

7.어떤 남편이 될 건지

누구보다 행복하게 해주겠다, 뭐 이런 것보다 무조건적으로
여자친구 편이 되는 남편이 되고 싶어요. 물론 행복하게 해줄
거지만, 세상 살아가는 데 있어 그 누가 뭐래도 내 편이 되어주는
그런 남편이 되고 싶어요.

8.어떤 아내가 되면 좋을지

지금처럼 내 옆에서 힘들 때 응원해주고 기쁠 때 같이 웃어주고
슬플 때 위로해주고, 딱 지금처럼만 옆에서 같이 행복했으면
좋겠어요.

9.꼭 하고 싶은 말이 있는지

1년 7개월 동안 우유부단하고, 잔다고 연락 잘 안 하고, 싸울
때 묵묵부답인 나를 만나 고생한 유정아, 아마 나는 우리가 결혼을
해도 우유부단하고 묵묵부답일 거야. 근데 내가 우유부단한 건

데이트할 때 내가 하고 싶은 것보다 유정이 네가 하고 싶은 걸 했으면 해서 그런 거야. 유정이 네가 싫어할까 봐 쉽게 결정하지 못했던 거고, 싸웠을 때 묵묵부답인 건 혹시라도 너한테 상처 주는 말을 할까 봐 그랬던 거야. 알겠지? 그리고 유정아, 참 쑥스러운 말이지만 이 말은 꼭 해야 할 거 같아서.

답답하고 우유부단하지만 언제까지나 유정이 너의 편인 나랑 결혼해 줄래?

~~~~~

먼저 이 자료를 받았는데, 그래도 내가 생각하기엔 부족한 느낌이었다.

단순히 '이 사람이다' 하는 느낌은 받을 수는 있는데 중요한 것은 상대방의 반응이다. 상대도 그렇게 느끼고 함께 호흡해야 결혼이라는 것이 성사될 수 있을 것이라 생각했기 때문이다.

그래서 조금 더 물어봤다.

~~~~~

창석 : 같이 교회를 다니시면 성경도 같이 보고 종교적으로도

친밀감이 더 높다고 보는 게 맞겠죠? 그리고 결혼을 결심하게
된 계기나 그런 것들에 있어 어떤 에피소드가 들어가면 좋을 것
같아서요. 단순히 얼굴이 아닌 그녀의 태도나 행실, 특정 사건이
있으면 좋은데 혹시 생각나시면 보내주세요!

~~~~~~

아 같은 교회를 다니지는 않아요! 종교적인 친밀감은 높습니다.

결혼을 결심하게 된 계기나 에피소드는 음… 그저… 진짜 강렬한
느낌이라고 해야 될까요? 이 사람이 아니면 난 평생 혼자 보낼
수도 있겠구나 하는 생각이 들었어요. 그러다 보니 연애한 지
3개월도 안 돼서 여자친구에게 '나 너랑 결혼하고 싶어', '나는
우리 사이를 그냥 연애로 끝이 아닌 결혼까지 생각해' 하는 얘기를
자주 했었는데 여자친구는 굉장히 부담스러워했어요.

하루는 진지하게 "오빠, 결혼 얘기 그만했으면 좋겠어 나는
30살 때까지 결혼 생각이 없어."라는 말을 하기에 겉으로는
"그래? 알겠어."라며 쿨한 척했지만 속으로는 '나는 결혼을 전제로
만나는 건데 이 친구는 아니구나. 헤어져야 하나?' 하는 생각까지
했었어요.

그러다 작년 10월에 저희 소개팅의 주선자인 전도사님,
12월에는 여자친구의 절친이 결혼을 했어요. (여자친구에게 절친이
3명 있는데 그중 한 명이 앞서 말씀드린 전도사님, 12월의 신부가
된 친구 A, 석사를 준비 중인 친구 B.) 여자친구가 11월에 이직을
하게 되면서 12월에 결혼하는 친구의 결혼식에 못 가게 되었어요.
어떻게 해야 되나 고민을 하던 여자친구에게 내가 대신 갔다
오겠다 했어요. 사실 예식장이 제 친구가 운영하는 곳이었거든요.
ㅋㅋ 친구도 볼 겸 겸사겸사 간다고 했어요.

결혼식장에서 여자친구의 절친 2명(전도사, 친구 B)만 알고
있던 저는 태블릿 네온사인으로 '김유정 대행, 남자친구입니다.'를
적어 들고 예식장에서 들고 다녔어요. 창피했지만 대행이니
당당하게 행동했습니다!! ㅋㅋㅋ 결혼식에 참석했던 여자친구의
친구들이 여자친구에게 폭풍 같은 카톡을 하였고… 저라는 존재를
여자친구의 모든 친구에게 각인시키게 되었습니다. 사실 작년
12월 이후, 단 한 번도 여자친구에게 '결혼하자'는 말을 안 꺼내고
있었습니다. 부담스럽다는 말에 못 한 게 맞겠네요. 그렇게 연애만
하던 중 8월, 그녀가 먼저 저에게 말했습니다.

'오빠 결혼하자고 하더니 왜? 대체 왜 프러포즈 안 해?'

'응? 준비 중이야.'

'언제까지? 아이디어 없잖아, 그치?'

'아닌데? 지금도 한 200가지 떠오르는데?'

'흥!'

미칠 듯이 기뻤습니다. 더 무슨 말로 표현을 한다 해도 안 될 정도로 기뻤습니다. 사실 결혼에 대한 에피소드라고 할 만한 건 이게 다입니다.

～～～～

이 정도면 됐다는 생각이 들었다.

아마 그 태블릿 사건으로 인해 자신감과 사랑이 다른 사람들한테 강렬하게 전달되었을 것이고, 그거면 여자친구의 마음도 충분히 움직였을 것이라고 본다. 우리가 보통 TPO가 중요하다고 하는데, 결혼식장이라는 곳에서 내 여자친구가 누구라고 이야기하며 대신 온 남친을 어떤 사람이 이상하게 볼 수 있겠나. 오히려 너무 멋지다고 생각하지. 이 정도면 충분히 여자친구의 마음을 흔들어놓았을 것이라고 생각했다. 너무 길지도 너무 짧지도 않게, 그렇게 편지를 준비해보았다.

~~~~~

유정아,

나란 놈은 답은 너다. 나는 이게 노래 제목에만
어울리는 말일 줄 알았는데, 아니었어. 널 처음 만나고
나한테 내려진 첫 번째 답은 '이 사람과 사귀고 싶다'였고,
그 답을 통해 네가 날 바라본 첫인상과는 무관하게 난
용기를 낼 수 있었어.

사실 무작정 전화를 걸었을 때는 네가 무엇을
좋아하는지, 어떤 이야기를 재미있어하는지, 전화
통화는 원래 잘 하는 편인지, 하다못해 내가 전화를 하는
것이 예의에 맞는 것인지부터 너무 고민이 되었었는데,
그마저도 알 수 없으니 겨우 할 수 있는 말은 '목소리'
듣고 싶다는 말뿐이었어. 다행히 네가 좋게 봐줘서 우린
만나기 시작했지만, 난 내가 무슨 말을 해야 하는지도
제대로 준비하지 않고 전화를 했던 것 같아.

그리고 너를 만나고 내린 두 번째 답은 '너와
결혼해야겠다'는 것이었어. 만난 지 3개월도 채 되지
않아서 너에게 이 말을 넌지시 하기 시작했고 나의

진심과는 무관하게 너는 부담스러워했던 것 같아. 지금 생각하면 너의 반응이 어쩌면 자연스러운 것인데도 불구하고 난 혼자 '내 마음만 키우고 있었나?'라는 실망감과 아무리 여자친구지만 너무 들이댄 것은 아닌가 하는 미안한 감정도 들었어. 그래도 그때 네가 툭 하고 튕겨져 나가지 않아서 너무 고마워. 우리의 감정이, 어쩌면 나의 진심이 너에게 오롯이 전달될 수 있는 충분한 시간을 함께해준 것이니까.

유정아, 나랑 연애할 때 가끔 우유부단한 내 성격 때문에 답답할 때 많았지? 하지만, 그 성격이 결혼을 했을 때는 장점으로 작용하도록 노력해볼게. 먼저 답답할 정도로 싸울 때마다 내가 이야기를 하지 않은 이유는 혹시나 내가 말싸움에 이기기 위해 내 진심과는 무관한 말을 내뱉거나 해서 너에게 마음의 상처가 남을까 봐 그랬어. 가끔은 서로 말로 치고받고 싸우고 훅 풀어버리는 것도 좋겠지만, 내겐 여전히 너란 존재는 조심스럽고 한없이 잘 보이고 싶은 존재야.

그 답답함이 연애할 땐 우직해 보였어도 결혼했을

땐 오히려 상처 남지 않는 싸움, 그리고 서로 너무 감정이 격해졌을 땐 한 번쯤 쉬어가며 다시 서로를 바라볼 수 있는 타이밍으로 가져갈 수 있게 만들게. 잠언에도 '미움은 다툼을 일으켜도 사랑은 모두 허물을 가리느니라'라고 나오듯이, 우리의 사이도 마찬가지라고 생각해. 가벼운 다툼은 있을 수 있어. 하지만 그것이 미움으로 이어지진 않을 거야. 난 널 사랑하니까. 난 너와 떨어져본다는 생각을 한 번도 해본 적이 없으니까.

우유부단함은 적절히 고쳐보도록 할게. 먼저 이젠 너와의 연애 시간도 적지 않아서 네가 무슨 음식을 좋아하는지, 어떤 뮤지컬과 연극, 콘서트를 좋아하는지, 어떤 음악을 좋아하는지 알 것 같다. 정확히 기억하고 있어. 나는 사실 무채색에 가까운 하얀 도화지 같은 사람이었는데, 너의 취향과 너의 감성으로 이미 충분히 채워져서 그것만큼은 정확히 기억해주고 챙겨줄 것이라고 약속할게. 한편으로 가끔은 여전히 우유부단함을 유지하려고 노력할 거야. 사람은 누구나 변할 수 있고, 시간과 장소에 따라서 원래의 취향과는 다른 선택을 할 수도 있어. 네가 좋아하는 것들을 내

머리에 또렷이 각인을 시키되, 한켠에는 새로운 모습이
언제나 등장할 수 있다는 여백으로서 우유부단함을 늘
간직하고 있을게. 너의 취향이 변하더라도 적어도 너에
대한 나의 마음은 변하지 않을 테니까.

유정아, 이렇게 이야기하고 보니 너무 내 이야기만 한
것 같아. 이제 너의 이야기도 듣고 싶은데, 너무 고민하지
말고 이야기해줬으면 좋겠어. 어차피 난 여자친구인 너를
'여보'라는 두 글자로 줄여 부르기 위해 이 편지를 쓰고
있어.

유정아,
널 처음 만나고,
너와 연애하고
이젠 더 큰 사랑을 준비하는 이 과정이 내 인생에서는
가장 큰 축복이야.

우리가 손을 잡고, 함께하기로 많은 사람들 앞에서
약속을 하고, 언젠가 우리에게도 너와 날 빼닮은 아이가
우리 곁을 찾아와주고, 남부럽지 않은 가정을 꾸리고

함께 울고 웃으며 또 안아주며 살아가자.

어떤 것이든 말만 해. 다 함께할 테니. 다 들어줄
테니.

어떤 남편이 되겠다는 말보다, 무조건적인 너의 편이
되겠다는 말로 마칠게.

앞으로 아낌없이 너에게 해줄 이 말,
사랑한다, 유정아.
그리고 우리 이제 진짜 결혼하자.

정성스럽게 준비한 편지는 사연자에게 다시
전달되었다.

～～～

A4 한 장 분량의 사연으로 꼭 옆에서 우리를 봐온 것처럼
써주셔서 어쩜 이렇게 잘 이해해서 써주셨을까 싶어요. ㅠㅠ 저도
눈물샘이 살짝 흔들렸네요.

여자친구가 편지 받는 것을 정말 좋아하는데, 잘 전달할게요!

～～～

부디, 여자친구가, 예비 신부가 좋아해주길 바란다며
이 편지의 챕터를 마치려는 순간 사연자로부터 사진 한
장을 전달받았다. 정확히는 캡처본이었는데, 여자친구의
SNS 사진이었다. 여자친구, 예비 신부는 야경이 예쁘게
비치는 곳의 사진과 함께 반지가 등장한 사진을 올리고
그 밑에 이렇게 글을 써두었다.

~~~~~~~

눈물 팡

'미움은 다툼을 일으켜도 사랑은 모든 허물을 가리느니라.'

#잠언10장12절 #프러포즈 #기쁨:) #감동 #팟캐스트사연

~~~~~~~

두 사람이 종교적 친밀감이 있으니, 반드시 성경
문구를 하나 활용하고 싶었고, 프러포즈의 순간과 두
사람의 미래를 상징할 문구를 어떤 걸 인용하면 좋을까
한참 고민했다. 그런데 내가 편지에 담은 저 문구가
SNS에 올라왔을 때의 짜릿함이란. 참고로 난 무교에
가까운 사람이라, 성경을 잘 몰랐고, 열심히 검색하고
각종 성격 문구를 읽어보며 선택한 것이라 더 짜릿할
수밖에.

여자친구는 집에서 이 방송을 10번 넘게 돌려
들었다고 하며, 여자친구의 친구들까지 자신들의
이야기가 방송에 나왔다며 기뻐했다고 한다.

잠언은 구약성서의 지혜 문학에 속하는 책이라고

한다. 두 사람의 지금 이 순간의 행복이 영원히 이어지길 바라며, 지혜로운 결혼생활이 이어지길 진심으로 기도한다.

…라고 쓰고 보니 어디 대단한 주례 선생 납신 것처럼 내가 글을 쓰고 있어서 이만 줄여야겠다.

아니다, 그래도 이건 꼭 남겨두고 싶다.

다시 한 번 더 두 손 모아 바라옵건대, 제발 두 사람의 결혼식 때는 코로나가 잠잠해져서 많은 사람들로부터 축하도 많이 받으며 결혼 생활을 시작하셨으면 한다.

열네 번째 편지
다시 너를 만날 수 있다면

편지가 도착했다. 끝났지만 끝내지 못한 내가 다시 붙잡으려는 편지다.

누군가와의 사랑이 시작되고, 누군가와의 결혼을 하고… 우리의 인생에 시작만 있다면 얼마나 좋을까? 필연적으로 끝은 인생에 존재할 수밖에 없다. 그 끝이 되돌이킬 수 없는 끝일 수도 있고 '언젠가'라는 기대를 해보는 끝일 수도 있다. 그리고 그 기대는 오로지 나만의 바람일 수도 있다. 상대는 전혀 원치 않는.

미련이 남는다는 것은 내가 뭘 해주지 못했다는 미안함과 더불어 내가 부족했다는 마음, 그리고 내 마음은 그대로인데 상대방의 마음만 변했을 때다.

사랑이 어떻게 변하냐는 영화 대사도 있지만,
사랑이니까 변하는 것이다. 적어도 첫사랑이라 붙일 수
있는 단어도 우리에겐 때때로 변질되고 희석되며, 처음
사귀었던 사람이 첫사랑인 줄 알았는데 지나고 보면 아닐
때도 있다.

나에겐,
적어도 내겐,
첫사랑은 내가 가장 아팠던 사랑이자, 나의 한계를
처음으로 느낀 사랑이었다. 그땐 정말 되돌릴 수만
있다면 무엇이든 할 수 있으리라 생각했다. 조금 시간이
지나고서야 알았다. 무엇이든 할 수 있으리란 생각은
생각에만 그쳐 현실은 크게 바꿀 수 없었다는 것을.

사연이 왔다. 다시 만나고 싶다는 내용. 직감적으로
느꼈다. 이 사람이 남자든 여자든 스스로의 미련이 짙게
남아 있구나.

헤어진 사랑은, 그러니까 한번 쪼개어졌던 연애는 다시 붙이기 어렵고, 다시 붙이더라도 쉽게 다시 깨질 수 있는 것임을.

~~~~~~

오창석 형님, 항상 방송 잘 듣고 있습니다.

〈수해복구〉'편지 대신 써 드립니다'에 사연을 보내고 싶어서 이렇게 DM을 보냅니다. 부디 소개가 되면 좋겠습니다.

2년 전에 헤어진 전 여자친구와 재회하고 싶은 내용입니다.

이야기를 말씀드리면 저는 24살, 전 여자친구는 20살 때 만났습니다. 같은 학교 같은 과의 CC였습니다. 저희는 3년 동안 만났고, 전( ) 여자친구가 "이제 그만 만나자"라는 내용을 검은색 편지지에 흰색 펜으로 길게 쓴 편지와 작은 꽃다발을 저에게 주면서 헤어지자고 해서 저희는 헤어졌습니다.

이제 와서 돌이켜보면 저와 전 여자친구는 3년 동안 만나면서 싸운 적이 세 번도 되지 않았었습니다. 제가 전 여자친구에게 거의 맞춰주는 연애였습니다. 아마 전 여자친구도 거기에 많이 답답했을 거라 생각합니다. 그때의 저는 연애를 하면서 항상 좋은 연애, 밝은 연애만 하려 했어요. 그때는 몰랐지만 전 여자친구가 저에게서 서서히 멀어져가는 감정을 간간이 내비친 순간들이 헤어지고 시간이 흐른 뒤에야 생각나고, 이제는 알 것 같습니다. 아마 절 더 이상 좋아하지 않는다는 거였겠죠.

그 뒤로 한 달 동안 두 번을 더 붙잡았지만 전 여자친구의 마음은 변하지 않았습니다. 그리고 전 여자친구는 저와 헤어지고 4개월 정도 후에 새 남자친구가 생겼습니다.

시간이 또 지나서 저와도 친하고 전 여자친구와도 친한 동생에게 약 한 달 전 연락이 왔습니다. 총선이 있기 직전의 토요일이었습니다. 그 동생은 전 여자친구와 밥을 먹으면서 이야기를 했는데, 전 여자친구가 '지금 만나는 남친이 한심하고 의지가 안 된다, 미래가 없어 보인다는 말을 하고 지켜보고 있다'라는 말을 했다 하더군요. 그리고 전 여자친구의 예전 연애에 대해 이야기하다가 제 이야기가 나왔다고 했습니다. 거기서 전 여자친구는 저에 대해 "○○ 오빠는 한결같은 사람이었지. 내가 정말 의지를 많이 했었어. ○○ 오빠는 최고의 신랑감이지."라는 말을 했다고 하더군요.

저는 다시 두근대기 시작했습니다. 그리고 지난주 토요일 전 여자친구가 남자친구와 헤어졌다는 소식을 들었습니다. 저는 친한 동생과 이야기를 하면서 다시 연락을 해야겠다고 생각했고, 어린이날에 전 여자친구에게 연락을 했습니다. 다행히 차단은 되어 있지 않았고, 전 여자친구는 의외로 답장을 해줬습니다. 그렇게 몇 번의 카톡을 주고받고, 6월 말에서 7월 초 사이에 '기회 되면 밥 먹자'는 얘기를 끝으로 카톡을 마무리했습니다.

오창석 형님, 6월 말에서 7월 초에 기회가 생겨 밥을 먹으면서, 아니면 그 이후에 몇 번 더 볼 수 있는 기회가 생겨서 만날 수 있을 때, 재회를 바라는 제 마음이 담긴 편지를 전 여자친구에게 주고 싶습니다.

길면서도 부족한 글 읽어주셔서 감사합니다. 부디 사연 소개되고 편지가 만들어졌으면 좋겠습니다!!

~~~~

조금 더 상세한 정보를 얻기 위해서, 여자친구와의 추억에 대한 이야기를 조금 더 해달라고 했다.

~~~~

1. 좋아했던 것

: 핑크색 물품 (핑크색 지갑, 롱 패딩), 음식은 파스타, 시(   ), 아날로그적인 것(손편지나 이메일 편지), 서로 얘기 많이 하는 것

2. 추억이 있는 곳

: 여수(사귀기 시작한 날), 부평의 칵테일 바와 파스타집

막상 생각해보려고 하니 잘 떠오르지가 않네요. ㅠㅠ

~~~~

냉정하게 접근할 필요가 있다고 생각했다. 편지를 아무리 잘 쓰더라도 이미 한번 사귀었던 커플이 다시 만나서 잘되기 어려운 이유는 서로가 크게 바뀌지 않는 상태에서 그냥 이어붙이기 때문이다. 그렇게 또 같은 이유로 헤어지게 된다. 이 상황에서는 서로 애초에

몰랐던 사람보다 이어붙이기 더 어렵다. 편지로 마음이 쉽게 달라질 수 있다면 애초에 헤어질 일 자체가 없었을 것이기 때문이다. 멤버들과도 냉정하게 이야기하자고 말하면서도 그래도 최선을 다해보겠다고 말해주었다.

　　정보를 정리해보자.

　　4년 차이의 학교 CC, 여자친구가 먼저 헤어지자 해서 헤어진 상태. 현재는 마음의 공백이 생겨서 다른 사람을 받아들일 수 있는 상태이긴 하나, 그것이 내가 될 확률은 높아 보이지 않는다. 차단이 되어 있지 않았다고 했는데, 최근에 차단을 풀었을 확률도 있고, 그 친한 동생이 일부러 당신에게 흘리길 바라며 말했을 가능성도 있다. 먼저 떠난 사람이 염치없게 먼저 돌아오고 싶다고 말하기도 어려움. 일단 6월에서 7월에 만나자고 했으니 가능성이 열린 상태인데, 이대로 6월이나 7월에 만나면 가능성은 없다고 본다. 왜냐? 그렇게 오랜 시간이면, 충분히 다른 사람과 소개팅을 하고 새로 연애를 시작하기에 충분한 시간이다. 따라서 이건 빠르고 가볍게 다가가되, 상대가 나를 다시 받아들일 수 있는 기회를

만들어줘야 한다. 왜냐? 지금 내가 다시 만나고 싶은
마음이니까.

그러나, 다시 한 번 말하건대 적어도 나는 헤어진
커플은 다시 만나면 안 된다는 입장이니, 편지를
써주더라도 분명히 깊게 고민하시라. 인생에 정해진
답은 없다. 다시 만난 커플이 다시 헤어질 확률도 높지만,
분명 다시 잘 만날 가능성도 있다. 그러니까 결국 인생은
한 번이고, 돌아봤을 때 내가 어떤 길을 걸어왔고
어떤 선택을 했을 때 가장 후회가 없을지에 대해 잘
고민하시길 바란다.

그리고 다시 만날 기회가 생긴다면, '너 없이 다른
사람 못 만났다' 같은 저자세의 멘트를 하지 마라. 그러면
상대는 '이 새끼는 나를 아직 못 잊었구나' 하는 1차원적
생각과 함께 '나 말고 다른 여자도 못 만나는 매력 없는
인간'으로도 보일 수 있기 때문이다. 시종일관 당당하게
나가되, 그때와 다른 버전 업 된 매력이 필요하다.

오랜만에 <수해복구>의 카톡 창에 불이 붙었다.

'편지를 써보는 게 좋겠다'와 '쓰지 않는게 좋겠다'는
양쪽 의견 다 일리가 있었다.

다만, 사연자는 20대다. 우리는 30대와 40대다. 안 될
확률이 높은 것을 알면서도 20대에게 그걸 강요할 수는
없다. 그리고 모두 우리와 같을 수는 없다.

방송에서 편지를 읽기에 앞서, 이런 생각이
들었다. 왜 어떤 커플들은 '큰 이유'도 없이 헤어질까?
보통은 분명한 이유가 생겨 헤어진다. 누군가 바람을
피웠다거나, 거리가 멀어져서 만날 기회가 확
줄어든다거나. 그런데 특별한 이유도 없이 헤어지는
경우는 뭘까?

나는 이게 '연애 지속 능력'이 부족해서라고
생각했다.

1. 서로가 원하는 형태의 데이트 방식과 연락의
정도를 충족시켜주지 못한다.
2. 무조건적으로 상대에게 맞추다 보니, 정작 상대가

무엇을 좋아하는지 딱 짚어서 말해주지 못한다.

3. 큰 트러블이 없다. 그런데 문제가 불거지기 전에 사과를 해서 속 깊은 상처는 씻어주지 못한다. 어설픈 봉합은 오히려 알 수 없는 피로를 쌓아 두게 만든다. 싸움을 두려워하지 마라. 싸움의 방식이 중요하지, 싸우지 않는 게 중요한 것이 아니다.

한 번 더 요약하면, 특별한 이유가 없다는 것 자체가 특별한 이유가 될 수도 있다는 것.

이 편지로 상황이 얼마나 바뀔지는 모른다. 하지만 그래도 편지를 쓴 이유는 1%의 가능성이라도 열려 있다면 도전해보고 싶은 것이 사랑이니까.

~~~~

시간 참 빠르다 그치? 벌써 2년이나 지났네.

너는 그동안 대학원을 진학하고, 나는 예전 그대로
회사를 다니고 있어. 부서 이동을 했지만, 신입 티를 어느
정도 벗어내고, 경제적으로든 시간적으로든 훨씬 더
여유로워졌어. 너도 네가 원하는 전공을 조금 더 살려서
대학원에 진학해서 네 꿈을 향해 살아가고 있다니 너무
반가울 뿐이야.

요즘도 파스타 좋아해? 예전에 한창 맛집 많이
다녔었잖아. 부평의 칵테일 바도 좋아했었던 것 같고,
새로 생긴 카페나 남들 한 번쯤 가보는 카페에 가서
사진도 찍고. 그때 내가 사진을 좀 더 잘 찍어줬더라면
네가 인생샷을 많이 남겼을까 하는 생각이 문득 드네.

○○야,
너랑 우연히 다시 카톡을 시작하고 나서, 물론 내가
먼저 밥 먹자고 했지만 네가 6월말쯤이나 7월초에 다시
연락하자는 너의 말에 너무 설렜어. 지난 2년 동안

다양한 사람들을 만나고 인사하고 지냈지만, 별것 아닌,

어쩌면 당장은 만나고 싶지 않다는 뜻을 에둘러 표현한

그 말에도 엄청 설레어하는 나를 발견했어.

'아, 나 아직 이 사람을 기다리고 있었구나.' 하는

생각마저 들 정도로. 우리가 3년간 만나고 헤어졌지만,

그리고 네가 충분히 편지로 너의 마음을 전달했지만 나

스스로는 정리가 덜 된 것 같아.

서로 시시콜콜한 이야기를 나누고 대화를 하며

남들에게는 절대 하지 못할 속 깊은 이야기를

들어주면서 난 그게 너를 위해 할 수 있는 최선이라고

생각했어. 핑크색 지갑과 핑크색 롱 패딩을 좋아했던

너를 생각했는지 주변에 핑크색만 보면 네가 가장

먼저 떠올랐고, 연애 중에도 핑크색이 보이면 너에게

가장 먼저 선물해주려고 했던 것 같아. 네가 좋아하는

손편지와 아날로그 감성이 깃든 것들이 보이면 역시나

어김없이 네가 생각났어. 우연히 SNS나 인터넷 기사를

통해 맛있는 파스타집이 나와도 네가 먼저 생각났고.

돌아보면, 나는 너에게 어떤 남자친구였을까? 의지할

수 있고, 이야기를 잘 들어주는 사람? 그런데 그것이

어떨 땐 너무 수동적으로 보여서 네가 좀 답답했을

수도 있다는 생각도 들어. 듣기만 하는 것이 능사라고

생각했던 것 같아. 물론 난 앞으로도 그런 사람일 거야.

누구보다 너의 이야기에 귀 기울여주고, 너의 관심사에

가장 먼저 반응하고, 그것을 찾고 함께 가려고 계획을

짜고 준비하는 사람.

○○야,

우리가 처음 사귀자고 했던 여수가 생각나. 멀리 돌아

왔다고 생각하지만, 난 우리에게 다시 그 여수의 밤이

시작되길 바라.

누구보다 든든하고 기댈 수 있는 그런 사람이 다시

되고 싶어.

편지 읽어줘서 고마워.

~~~~~~

  여자친구가 시를 좋아한다고 했으니, 만약 시를
첨부하고 싶다면 어디 가장 예쁜 캘리그래피 하는 사람을
찾아가서 시를 써달라고 해서 편지에 동봉하면 좋을 것
같았다. 개인적으로 원태연 시인의 '누군가 다시 만나야
한다면'을 추천한다.

  계속 부정적으로만 이야기한 것 같아서 사연자에게
미안한 생각도 들었지만, 잘되길 바라는 마음은 모두가
같았다.

  간단한 후기가 도착했다.

~~~~~~

안녕하세요, 오창석 형님.
  〈수해복구〉 4화에서 '편지 대신 써드립니다' 사연 보냈던
사람입니다. 헤어진 여자친구와 2년 만에 재회하고 싶다는 사연을
보냈었습니다! 기억하실지 모르겠습니다. ㅋㅋㅋ
  늦게나마 중간 후기(?)라도 보내고 싶어서 DM을 보냅니다.

〈수해복구〉 팀원들께서 조언해주셨던 것과 같이 더 이상 연락은 안 하고 있다가 효윤 누나의 조언대로 오늘 저녁에 제가 통화를 걸어서 연결되었습니다. 제주도로 가족 여행을 간 첫날이라고 하더라고요. 다행히 다음 주쯤에 만나기로 했습니다. 먼저 그 친구가 "한번 보기로 했었는데 언제 볼까"라고 말해줘서 자연스럽게 만날 시간을 정하게 되었습니다.

솔직히 지금은 멍해요. ㅋㅋㅋ 좀 뜨뜻미지근한 후기일 수도 있지만, 그래도 〈수해복구〉 형님 누나들께 꼭 말씀드리고 싶었습니다.

방송으로 진심 어린 조언 해주셔서 다시 한 번 감사합니다!!

~~~~~

두 사람은 어떻게 되었을까. 난 답을 알고 있지만 그 답을 여기에 기록해두고 싶지 않다. 판단은 두 사람의 몫이고, 이걸 바라보는 관점은 우리의 몫이기 때문이다.

원태연의 시(詩)처럼
다시 누군가를 만나야 한다면

'여전히 너를'이라고 외칠 수 있는

사랑이 있었다는 것만으로

우리 인생은 얼마나 아름다웠던가.

★
써둔 편지를 돌아보며

내가 쓴 편지들을 책으로 엮는답시고 다시 돌아보는 것은 꽤나 부끄러운 일이었다.

방송에서 그렇게 진심만을 담아서 잘 전달했다고 생각했는데, 다시 돌이켜보니 오글거리는 것도 있었고, 감정을 너무 증폭시킨 것은 아닐까, 반대로 감정을 너무 메마르게 한 것은 아닐까… 여러 생각이 지나갔다.

편지 내용은 사연마다 달랐지만, 우리의 인생에서 한 번쯤은 겪어봄직한 일이었다.

사랑,
그걸 처음 느꼈던 설렘부터
썸, 그리고 연애의 시작,

다시,
몰랐던 사이보다

더 좋지 않게 서로를 떠나는 이별.

가족을 이루고
먼저 있었던 가족에 감사하고
그 후회와 미안함에 밀려올 때쯤
다시 다가오는 가족과의 이별,
그리고 그건 누구나 겪어야만 하는 자연의 순리.

이 모든 것이 내 부족한 편지에 담겨 있었다.

사연을 보내주신 모든 분께 진심으로 감사하다는
말씀을 드리고 싶다. 나도 다른 사람의 감정을 이어받아
그 감정에 공감하고 푹 빠져볼 수 있었다.

마지막으로 이 편지와 책은 팟캐스트 <수해복구>의
코너의 사연을 모은 것이다. '편지 장인'이라고 불렸던
나의 별명은 어떻게 보면 '버려짐'으로부터 기인했다.

내 인생의 터닝 포인트가 된 국회의원 선거 낙선과
함께 시작한 <청정구역>이라는 팟캐스트를 떠날 때 난

고마움과 회한을 담은 편지를 썼고, 수백 개의 댓글로
격려를 받았다.

그것이 돌고 돌아 <수다맨들>이라는 팟캐스트에서
분리되었을 때, 어쩌면 또 하나의 '버려짐'이 된 상태에서
이 '대신 써드립니다'는 시작되었다.

책이라는 결실은 위대하지만, 이 책은
아이러니하게도 내 인생의 순간순간마다 그 버려지고
버려지는 과정 속에서 어느덧 잘 '벼려진' 내 펜 끝에서
쓰인 것이다.

수해복구. <수다맨들> 해직자들이 복귀를 구걸하는
방송. 그렇게 우린 버려진 해직자의 순간을 뒤집어 120만
명에 육박하는 청취자들과 함께 뜻밖의 '홀로서기'를
이뤄냈다.

모든 청취자들에게 감사함을 표하며, 함께 방송하고
있는 문선 누나, 효윤 누나, 종윤 누나, 보이지 않는 곳에
늘 존재하는 PD님과 우리 모두를 잘 이끌어주고 있는

장원이 형님께도 깊은 감사를 표한다.

우리 앞으로도 오랫동안 함께 방송으로 만나요.
편지를 쓰며 저도 삶의 순간순간에 여러분과 함께 서
있음을 느꼈습니다.

고맙습니다.
정말, 고맙습니다.

오창석 올림.

우리는 아픔을 나누며 함께 살아갑니다.

후원자 명단

강대진	김승철	남우석
강명원	김원명	노지윤
강민수	김윤오	류성선
강의열	김은	박광희
구상오	김재민	박민지
구연수	김재윤	박병률
권근덕	김종승	박수진
권도형	김주희	박수현
권영준	김준식	박숙희
권혁찬	김지아	박승수
김광진	김지영	박승진
김규태	김지호	박온유
김나경	김진호	박원희
김다솔	김진회	박윤진
김동욱	김태의	박은진 (뽀대앙녀)
김문철	김태형	박재현
김미래	김형원	박종윤
김민석	김혜영	박철민
김사대	김혜원	박치도
김설아	남경숙	백고은
김수진	남보미	백승민

수해복구 에세이

대신 써 드립니다

작가

오창석

기획 **오창석, 이상명, 홍장원**
교정/교열 **다미안**
디자인 **김현경**
표지 일러스트 **이보람**

초판 1쇄 펴냄 **2021년 3월 7일**

펴낸곳 **77page**
이메일 **77pagepress@gmail.com**
홈페이지 **77page.com**
인스타그램 **@gaga77page**

ISBN **979-11-91470-01-7 (03800)**